你的怪兽男友

Your Monster Boyfriend 叶小白 作品

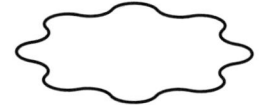

中国友谊出版公司

图书在版编目（CIP）数据

你的怪兽男友 / 叶小白著 . —北京：中国友谊出
版公司 , 2016.9

ISBN 978-7-5057-3778-5

Ⅰ . ①你… Ⅱ . ①叶… Ⅲ . ①短篇小说—小说集—中
国—当代 Ⅳ . ① I247.7

中国版本图书馆 CIP 数据核字（2016）第 160002 号

书名	你的怪兽男友
作者	叶小白
出版	中国友谊出版公司
发行	中国友谊出版公司
经销	新华书店
印刷	北京嘉业印刷厂
规格	710 毫米 ×1000 毫米　32 开
	10 印张　196 千字
版次	2017 年 6 月第 1 版
印次	2017 年 6 月第 1 次印刷
书号	ISBN 978-7-5057-3778-5
定价	36.80 元
地址	北京市朝阳区西坝河南里 17 号楼
邮编	100028
电话	（010）64668676

如发现图书质量问题，可联系调换。质量投诉电话：010-82069336

推荐序
我去年借给一个九〇后一千块钱，后来……

丁丁张

去年的时候，青春光线刚刚成立，我满世界找作者，发现了一个叶小白，理工男，练散打，有肌肉，戴眼镜，长得干净，写东西又很好，我如获至宝，就说要签下他。

他立刻坐着火车北上，我说富日子穷过，他就住在了通州的一个什么快捷酒店，当天发图给我，说，跟做梦一样的。我说酒店怎么这么差，他说，倒没什么，只是睡觉。

然后他说要拍宣传照了，还得买白衬衫，可……欲言又止了。

我就给他打了一千块钱。

我没什么救世主心态，这么做大概还有些中年人的悲天悯人和优越感。

后来顺利签了他，一晃一年过去了，他的书拿了一个很高的预付款，但他书稿一直没交，我说坚决不能给他钱，男人一有钱就变坏了，虽然这些钱不至于让他变坏，但可以让他变懒。

直到他终于交了出版社满意的稿子，我说，可以把预付款给他了。

然后我挺恶心地想，也不知道他是不是还记得大明湖畔发胖的我，以及给他打的一千块钱。

我要是张雷的话，我可能就会直接问他一声，至少每天到他朋友圈里点赞。

可不是张雷的我，其实觉得没有必要想起，甚至觉得羞愧，岁月啊，终于把我雕琢成一个借给别人钱也不好意思要的真汉子。

但我又真好奇，像叶小白这样长相的九〇后男生，会不会办事也那么漂亮，生活还告诉我，凡是你想测试的人性，结果都让你失望。

几乎带着看到实验结果的好奇，直到有天他用微信给我转来了四千块钱。

即便加上利息，这也太多了，我刻奇（kitsch）地想，这世界真的没有变得更糟，善恶终有报，我竟然拿到了１∶３的投资回报率，这完全超出了我的预期。

我说，真的太多了，孩子，你真不用这么客气。

我要是张雷的话，我肯定立刻就点接收了。

于是我俩推托了半天，我真像个桃李满天下的好教师。

我觉得，给我一千就好了。

然后他说，那我就撤回了。

我心里的张雷立刻翻了白眼，觉得，客气真是一切损失的来源啊。

然后继续客气说："主要是太多了。"

心里特别温暖，觉得不好意思，竟然以这样的恶意来揣测这个世界，以及会打散打长得不错的新作者叶小白。更何况，他还给了我三千块的利息，用来打我的脸。

直到叶小白接着说："您一定是忘了，借给我两次钱，一次是一千，一次是三千。"

What！！！

然后我奋不顾身地点了接收，怕晚一秒钟，叶小白就会用散打的速度把它撤回去。

好在我快。

但我真的好开心，这天，是新作者叶小白收到预付版税的当天。

我继续担心他，新书会不会卖好，以及版税会不会让他变懒。

这世界，真的没有变得更糟，不管遇到什么，保持自己当下的想法和做法，可能是唯一和世界对抗的方式。

下个月，他的新书就要推出了，故事写得好，首印十万册。

希望他卖得漂亮，至少和他的脸一样。

自 序
陪 你 对 抗 世 界

这位筋骨奇特的同学，我很高兴你翻开这本书。

我是叶小白，今年二十二岁。我知道，这么正经地讲话，搞得我们好像是在相亲。实际当然不是，一分钟前，你只不过是恰好拿起了这本书。

在这本书里，收录了我的×个故事。这些故事可能和你以往见过的都不一样：你会发现靠收保护费度日的怪兽，搞不过富二代的大灰狼，出租屋里和幽灵恋爱的下岗职工，为了写好一份分手协议而用心谈恋爱的高中生……以及其他。

故事中的主人公大多混得狼狈不堪。但我必须说，他们其实都是我的一部分，只是披上了一层外衣。就像某个住在你邻居家的大哥哥，没什么正当职业，只是为了骗你一颗巧克力，和你坐一下午，添油加醋，讲起他身上那些有趣的事情。

而你会看见他的另一面。这个饱食终日，烂泥糊不上墙的他，却一直在拿自己的有趣，对抗着世界的吊诡。

我知道，世界其实很无辜，明明和谁都不熟，却总被拿来说事。但谁让这就是成长呢，青春的时候，世界是我们共同的敌人。

往事，我已经出走很久了。可那些故事还在。我希望透过这些故事，告诉你抗争的样子。趁下午还没有结束，趁青春还没有结束之前。

我是叶小白。在这本书里，我陪你对抗世界。

直到青春的瓦解，直到你同这个世界和解。

到那时，也许你终于成熟了。女孩长成了姑娘，少年变成了青年。我们还会重逢，坐在一起，聊起共同经历过的午后，聊起这本书。

你可以不允许我抽烟，也可以要我归还被骗走的CD机和巧克力糖。

但请不要叫我大叔好吗？

目录

她会不会某天突然出现，很生气地来找我算账，却看见我被人们痛揍，于是赶走他们，失望地问我，你为什么就是不学好呢？

Chapter 02

遗落在光年之外 ／ 57

二十二年，他一直是一座荒芜的城。

二十二年，他的爱人正化作冰雪，纷飞而至。

小兔，你是个多么悲观的女孩呀。可你和我在一起，却无时无刻不带给我快乐。是我改造了你吗？我想，不是的，是你改造了我。

我喜欢叶小白，叶小白
喜欢我，所以我们谈了
恋爱。我们做过的事是
因为喜欢，没有做过
的事是因为我们只是
喜欢。

有时候，远行的意义，可能不是为了诗，不是为了远方，只是为了某个人。

为了某个人离开，为了某个人追寻。

Chapter 01

怪兽凶猛

她会不会某天突然
出现，很生气地来
找我算账，却看见
我被人们痛揍，于
是赶走他们，失望
地问我，你为什么
就是不学好呢？

怪 兽
凶 猛

01

我是一头生活在城市郊外的怪兽。

每天打劫落单路人，敲诈勒索，以此为生。有时候生意不好，我就会到小城里去，踢开赌场大门，大吼一声："此地不是我开，此树不是我栽，天王盖地虎，拿保护费来。"

小城里的黑社会们提起我，大多恨得牙痒痒，但他们没什么办法，谁让我是头怪兽呢？应该说，他们气愤的不是生意被抢，而是由我来抢他们的生意。在这些大佬看来，一头怪兽，应该是伟岸的，是毁灭世界的，而不是跑出来和他们抢地盘的。很不幸，这年头想要毁灭世界的人太多，什么小丑、邪恶博士、超级病菌，像我们这些两米不到的小型怪兽，早就过气啦。

后来，有一天，城里来了一位女超人。

那天我正在郊外和战斗暴龙兽他们斗地主，她火急火燎地跑过来，问道："你们哪个姓叶？是你吗？"

小恐龙矢口否认："我姓暴啊。"

她说："那是你喽？"

老大，艳福不浅呀。流氓怪兽们纷纷吹起口哨。

我放下手里的牌说："美女，你找我有事？"

话刚说完，我就被她按住，没头没脸地一通打。

等我回过神来的时候，女超人已经英姿飒爽地飞走了。她撂下一句话："以后这个地方我罩了。"

我头顶一张老K，深邃地望着她的屁股。

我说："为什么刚才就没人上来救我一下呢？"

小恐龙说："她好帅，我好崇拜她呀。"

这群重色轻友的叛徒。

02

女超人叫林小妖。

中央超人大学，殴打小怪兽专业，应届毕业生，被学校分配到这座小城里，因为我们这些怪兽都不成气候，连个能打的都没有，所以勉强也算一份稳定的工作。可问题在于，她他妈的太能打了！

从此我们的噩梦开始了，每天都能见到一名女超人撵着一群怪兽，鸡飞狗跳地逃窜在城市的各个角落，她挥舞着折椅板凳、棍棒板砖，总之没一个常规武器。怪兽们就这样嗷嗷地被她拍向天空。

说实话，一开始我并没有把她当一回事，依旧蹲在郊外，勒索下班路过的白领。她要上班，我也得混口饭吃吧？他们都说："你等着，我去叫林小妖。"我弹他们一个脑瓜嘣，林小妖林小妖，老子还叶大怪呢。

猛一抬头，夕阳西下，女超人拖着把折椅，迤逦地朝我走来……

我很忧伤，我很愤怒，我决定反抗。我招来小弟们，却看到他们一个个穿得人模狗样的。我勃然大怒！搞什么鬼，我们出来混的，你们居然穿格子衬衫、戴眼镜，我 ×，还是金丝眼镜。我拉住躲躲闪闪的小恐龙，说你呢，被打傻了吗？

小恐龙委屈地说："老大，我们又打不过她，只好去上班啦。我好不容易找到个研发岗位，你就别为难我了嘛。"

我说："真看不出你还会研发？"

他说："被研发啦。"

我心底轰的一声，像是有什么东西轰然倒塌了。我怎么也想不到，我这群无恶不作、烂泥糊不上墙的小弟，竟然在女超人的淫威下，一个个走向了职场。从此他们朝九晚五，奔波在地铁、公交站点上。按时上下班，扶老奶奶过马路，帮助幼稚园小朋友找妈妈，夜里加班，夜店都去不起。这哪叫怪兽，这分明是一群"雷锋"。

小恐龙问我："老大，要不你也上班去吧！"

我瞪大眼睛说："我去上班，开什么玩笑？"

03

小弟们离开了我，但是我没有屈服。

我依旧和林小妖顽强地斗争着。

基本战况如下：被林小妖拍飞五次，被林小妖揍翻七次，被林小妖追着跑十一次。

我的孤独虽败犹荣。妈的。

林小妖像是盯上了我一般，只要我一作恶，她就会出现在地平线上。有一天我终于忍不住了，打劫了一个放学的小孩，刚抢走一支棒棒糖，还没来得及放进嘴里，她又一次出现了。天可怜见，老子已经饿了快三天了。问她：你老盯着我干吗？

她说："现在全城的怪兽都上班去了，就剩你一个，不盯你我盯谁？"

我把心一横，躺在地上，四仰八叉地说："你打死我吧，我不活了。"

她说："不行，我的专业是殴打小怪兽，不是杀死小怪兽。"

她这么一说我就来劲了，我说："那你到底想怎样啊？我总不能不吃饭吧？"说着我在地上滚来滚去，说，"你打死我呀打死我呀。"

她叹了口气，说："那好吧。"

我惊悚地看着她，她当然没有弄死我，她蹲下来，抱着膝盖，像打量一只小狗那样打量着我。

她问我："叶小白，你为什么不学好？"

我回过头，说："这你管不着。"

她说："这样吧，我也不能看着你死掉，我划给你一片地区，你可以去那里收保护费。但你必须负责清理那里的街道，管理流动摊贩，维护日常秩序。"

我说："这分明叫物业管理费吧？"

她说："怎么叫是我的事，你爱干不干。"

我想了想，主要是太饿了，我说："行，我们成交。"

04

我搬来一条板凳，坐在道路的高处，像救生员一样观察着我的街道。人来人往，秩序井然。

最初，林小妖告知他们我要来当保安的时候，他们非常惊恐，怀疑又是我的一个阴谋。直到我出现，金刀大马地说："乡亲们放心，我还是我，那个浪荡无赖、流氓无耻的我，从今以后这条街归我罩啦。"大家这才松一口气，各忙各的去了。

我对林小妖说："看到了吧，有些事你不干，总得有人干。我好歹还给开发票。"

林小妖白了我一眼。

对于这块特区，林小妖还是很上心的，有事没事就来监督我一下。用林小妖的话说，我是这座城市里唯一的不安定因素。当然啦，现在我安定多了。我每天戴着墨镜、叼着牙签，哪里有纠纷就去哪里。江湖抬爱，卖我几分薄面，一看我穷凶极恶的脸，架也不想吵了，刚刚还为了两毛钱大吵特吵的大妈们，一下子就变得相亲相爱起来："你做生意也不容易，我再多给你两块吧。""邻里乡亲的，我再给你两把芹菜。"

应该说，我走到哪里，哪里就充满了爱。我把这个说法跟林小妖说，她终于忍不住笑起来，说："叶小白，你也不是真的就那么招人嫌嘛。"

我哼哼唧唧地说："叶小白可招人喜欢了。"

她笑嘻嘻地说："就是脸皮厚了点。"

那天她一直等我下班，请我去酒吧喝酒。我点了杯龙舌兰，慢吞吞地喝着。她不大能喝的样子，喝了点啤酒，脸很快就红了。

我说："一会儿我请客啊，我有钱。"

她说："行行，不跟叶大款抢。"

我们闲聊，她好像挺开心的，告诉我，她家里找好了关系，只要等到我也学好了，工作结束，她就能回家上班，她就能和她男朋友团圆。她还说了很多她大学时代的事，她天生能打，专业课成绩却一直不好，因为她心软，总是放那些小怪兽一马，结果回头他们就作恶去了，教授每回都骂她。

那天她问我："你不会也这样吧？"

我说："不会呀，我们出来混的，最重要就是诚信啦。"

她笑眯眯地点点头，摸了摸我的脑袋，说："乖小白。"

我愣了一下，随后浑身起了一层鸡皮疙瘩，我是怪兽好不好，她竟然把我当小狗。我汪汪两声，作势要咬她的手，吓得她把手收了回去。

一个歌手抱着吉他在台上唱歌，我们安静地听了一会儿，后来，她对我说："其实我一直搞不懂，你为什么就是不肯学好呢？"

我深沉地说："我学好会死的。"

她说："你去死啦，一点诚意都没有。"

05

在我很小的时候，有一个问题，像一个远古之谜一样盘桓在我的脑海里——为什么我非得作恶呢？

那时我个子小小的，喜欢花草树木，喜欢小动物，还喜欢天上的白云，唯独不喜欢像一个正常的怪兽一样，惹是生非。我的曾祖父毁灭宇宙失败，我的祖父毁灭地球失败，我的叔叔毁灭城市失败，我的爸爸毁灭龙津镇失败，我家的族谱简直是一部令人唏嘘的家族失败史。

回首我的幼年时代，似乎一切就是从这里开始改变的——当我抱着我的小兔子，来到城市里，人们排挤我，认为我是个坏坏，乞丐都瞧不起我，趁我不注意，吃掉了我的兔子。后来，我遇到了我的那群小弟，他们和我一样，心地善良，受人欺负，流浪在大街上等死。我叫他们跟着我，我做大哥，大家都有饭吃，要有尊严地活下去。

从此我决定，我永远也不要做一个好人，我要做坏人。只有这样，我才能保护我自己，保护我喜欢的东西。我是怪兽，这两个字就是我的原罪，是我一生的宿命。相比之下，这个刚毕业的小丫头，她又懂得什么呢？这个社会才是比怪兽凶恶的东西。

那天我们喝到深夜，她先喝醉了，挥舞酒杯，说："我没醉。"随后扶着桌子吐了起来。

我叹了口气，扶着她，往她家走。她大声说："干什么，我没醉。"我说："好好好，你没醉，我醉了行不行。"

路边的几个流氓突然吹起口哨："美女，要不要跟哥哥们喝呀。"跟着又说了几句下流的话。

林小妖像是很害怕地缩了缩，靠紧了我。我狐疑地看着她，我是真没想到，这位一个能打十个的女超人，还有这样的一面。女汉柔情？

她虚弱地说："小白，我怕，我想回家。"

我胸口猛地挺了一下，回过头，恶狠狠地说："滚。"

啊，是怪兽，快跑。流氓们慌不择路地逃走了。

我们走到下个路口的时候，她突然推推我说："低头。"

我疑惑地弯下脖子，她摸了摸我的脑袋，说："乖小白。"

我抬起头，看见她清澈的眼睛，我说："姐姐，你到底醉没醉呀？"
她说："半醉半醒啦。"

06

我继续做物业管理，收着我的保护费。林小妖收尾了其他工作，现在每天缠着我，希望某天我能洗心革面，从此变成一个温文尔雅、文明有礼，对这个社会有用的——怪兽。我懒得理她，当然，也不排斥被她缠着。我发现虽然她揍起人来非常恐怖，但归根结底还是一个小姑娘。有好几次，她实在没办法了，跺着脚问我："叶小白，我请你吃饭行吗？吃一个月！"

当然不行，我是一只怪兽，做怪兽应该做的事，这就是我之存在的根本。可后来她真的急了，泛着泪花说："叶小白，你不要老想着自己，一定要我一辈子待在这里吗？"

我想了想，算了，还是答应她吧——可惜了，出来混，要讲诚信嘛，以后再也不能干坏事了。虽然这么说让人气馁，但我还是得说，为了她，我失掉了我的存在。这真是一个 sad story。

我偷偷找了一份超市保安工作，打算等月底告诉她，我不混了。嘿，林小妖，我学好啦，你可以回去见你爸爸妈妈了，以后有空，记得回来找我喝酒吧，不过你喝醉的时候太弱了，我得在边上保护你才行。小弟们得知我就业了，都很高兴，叽叽呱呱地来找我诈金花，被我有一个是一个地给轰走了，一群烂人，就知道赌博，现在我都打高尔夫的好吗。

日子一天天过去，林小妖每天看着我，有时忧愁，有时又豪情万丈，像是对改造我充满信心。我暗自好笑，脸上却不动声色，戴着墨镜，我行我素地在街道上穿梭。那些日子里，日光变幻，一只怪兽藏着他的秘密，在街上游走；一个少女心事几重，漫不经心地望着他的背影。

07

那个月的最后一天，我买了很多菜，喊林小妖上我家吃饭，准备把事情告诉她。顺便，这也是我们的告别宴了。

我走出菜市场，一个超人拦住了我。

他说："你就是叶小白吧？"

我说："是的，你是？"

他说："我是林小妖的男朋友。"

我说："哦哦，来得正好。一起吃饭去。"

他说："不必，我是来杀你的。"

我说："耶？"

他说："只要你死了，小妖就不用一直等你学好。"

我说："你说得好有道理呀。不过我今天金盆洗手了，还是和我一起吃饭去吧。"

他摇头说："我知道你们这些怪兽不守诚信。"

我来了火气，我说："你以为你是谁呀，有毛病吧。"

他说："我是杀死小怪兽专业的。"

他扑上来，动作快得完全看不清，我只能尽量护着菜，×他母星的，要是菜打烂了，我这个月的薪水就全泡汤了。慌乱之中，他一个正踹，我飞了出去，菜市场鸡飞狗跳。

我跳起来，眼里冒火，冲上去和他搏命，两人滚在一起。毕竟是超人和怪兽之间的较量，好多人被摔倒在地，当场昏死过去，鲜血流了满地。我不想伤人，心知不好，却挣脱不开。有一下没躲开，被他朝着腿狠狠一踢，整只腿怪异地弯曲了下去。

这时，远处突然传来林小妖的声音。他松开我，我跌落在地上，挣扎着站起。

林小妖沉着脸走过来。

她环顾四周，看见呻吟的和死去的人们，我满身的鲜血。

她狠狠抽了我一巴掌。

她问我："为什么要杀人？"

她颤抖着说："叶小白，原来你一直在骗我。"

我愣了愣，无言地低下脑袋。

我突然想起，上一次我也是这样低头的时候，她摸着我的脑袋，对我说："乖小白。"

我抬起头，她满脸泪水，对我说了声："再见了，叶小白。"

她头也不回地飞走了。我想说些什么，突然，一把刺刀穿透了我的胸口，想说的话堵在了喉咙。

08

林小妖飞走了。她男友拔出刀，也匆匆离去。

救护车赶来，拉走受伤的人们。一个白大褂过来，看到我的伤口，摇头说："没治了。"

我的小兄弟们都赶来了，他们弄了一辆板车，拉着我往郊外去。

我突然发现，这个城市已经是深秋了，落叶飘零。

我躺在板车上，瞳孔逐渐放大。

那天这群流氓怪兽都哭了。小恐龙一边哭，一边对我说："老大，挺住呀老大，我不去做研发了，你不要死呀好不好。"

他们的声音一点一点远去。

我仿佛看见自己正走在时间里：幼年的我；抱着小兔子的我；来到城市里，想要做一个好人，遭人欺负，失去一切，深夜里无助哭泣的我。后来我终于长大了，我可以保护我自己，在那个夜晚，我保护了那个醉酒的林小妖。可我知道，那天晚上，其实是她保护了我早已千疮百孔的心。

我想，林小妖，你记得吗？我说我不能学好，学好就会死。多希望你能知道，我没有骗你，原来我说的是真的。

看到你哭，我也会难受。不过我死掉，你应该就不用难过了吧。你会不会担心我呢？没有关系啊，我又不怕疼，我是大怪兽嘛。

可是林小妖，我好冷啊。

09

我没死，我顽强地活了下来。

我的肺部受了重伤，没办法用一点力气，一条腿也彻底瘸了。这一次，不要说毁灭地球了，连个小屁孩都能毁灭我。

我依旧蹲在郊区，敲诈勒索路过的行人，很可惜，现在我打不过他们了，总是被行人们痛殴。我的小弟们不理解我，老大，你现在都这样了，还不肯安生吗？

我不好回答他们，只是觉得，也许和以前一样，看到我在做坏事，林小妖就会出现吧。

我说："都别吵吵，老子忙着作恶呢，这是我的存在之根本。"

- 13 -

她会不会某天突然出现，很生气地来找我算账，却看见我被人们痛揍，于是赶走他们，失望地问我，你为什么就是不学好呢？

那样，我就终于可以告诉她，我不混了。林小妖，我再也不混了。

我只是想把这句没来得及说的话讲完，只是这样。

后来很多年过去了，林小妖始终没有出现。

我买来一些种子，种在了郊外。我知道，很多年以后，那里会开出一朵朵花。花很美呀，好像她没有离开我，好像我没有离开她，好像那一年里的那些故事，都不是那样轻易就结束。

我拍干净身上的泥土，仰起头，望着蓝天白云。从很远的地方，传来了我幼年时唱的歌。

　　　亲爱的孩子　为什么沉默不语

　　　亲爱的孩子　为什么偷偷哭泣

　　　有些人无言地离去

　　　有些人在静静地听

　　　亲爱的孩子　不要说对不起

　　　每个人都需要学会保护自己

　　　飘散的雨滴和伞相遇

　　　跌落的玫瑰长大成泥

　　　在清晨雨后的拔节声里

　　　换给你一颗谅解岁月的心

　　　亲爱的孩子请不要哭泣

　　　…………

侠 客
凶 猛

01

正德十年，我在山上砍树。

正德十一年，我在山上砍树。

正德十二年，我在山上砍树。

我是一名侠客，以上是我的个人年表。当然，这不能说明什么。我只是在坦白一件事——好吧，老子就是个砍柴的。

可是砍柴的就不能有自己的梦想了吗？砍柴的就不能当侠客了吗？

我从小就梦想要当一个大侠，喝最烈的酒、砍最贱的人。路见不平，36D，发生爱情。

然而上天总是嫉妒天才的。

我的新手村，在江城。

02

江城，是江湖的废城。

在江城里生活着很多江湖遗老。像什么屠龙刀张无忌——现在在菜市场卖猪肉；还有神雕侠侣——现在在广场上开炸雕连锁店。我吃过一次，业界良心，那雕是真大。

这些老侠，已经是混得还可以的了。还有更多老侠找不到正当职业，为了混口饭吃，宝刀宝剑都当了。他们以前都很猛，砍过很多人，可现在老了。这就意味着，不论你以前在江湖上的地位如何之高，砍过多少人，爱过多少人，都变成了你的往事。

在江湖，往事不存在实际意义。

我的师父也是一名老侠。江湖人称："赌侠"。

行走江湖，都有一技傍身，赌博就是师父在江湖上的立足之本。师父年轻的时候，非常厉害，曾经赌得几个帮主吐血而亡。现在他老了，来到这座边陲的废城里，想混口饭，却再也没人肯和他赌了。

十四岁那年，我好端端走在大马路上，师父拦住了我。

他问我："帅哥师从何处？"

我说："后山上砍柴的。"

他说："我怡红楼刚开张。现在拜我门下，学费打折。"

我说："教什么的？"

他说："吃摸碰和、诈金花、斗地主……哎，别走啊，不收你学费还不行吗？怡红楼不好听，我给你改绿坝楼呀。牌技健身馆行不行？哎——"

我拜入师父的门下，师父确实没收我学费。他的意思是，我从他那儿学个一两手，以后赌赢多赢少，分他三成，意思意思就好。

然而我让师父失望了。我学了两年，还是逢赌必输，当我提出我输进去多少，他出三成的时候，他差点气绝身亡。当然，不能说我的赌技没有提升，现在我去中老年人活动中心里面推牌九，已经能和里面的林平之打成平手了。

我有时会回顾自己的小前半生——当我又一次没钱吃饭的时候。我常常就会觉得，自己好像活在一个黑色的幽默里，想要当大侠，却只能当一个穷砍柴的；年少时拜了师父，学的却是赌博，还学得一塌糊涂。

这说明我的人生很失败吗？不，这只能说明我的人生很艰难。失败的人生应该是彻底的，倘若我真有一个失败的人生，那顺序就应该倒过来，我叶小瞎从小励志成为赌圣，师从赌侠，潜心修炼多年，赌赢了天下，最后啪唧一下，输给了一个穷砍柴的。我这二十年来，不好不坏，不温不火，算不上失败，可是没劲透了。

这事挺让人泄气的，但我不会轻易服输。我仍认为，我会是一名侠客，大侠，无论是用赌的还是用打的，江湖上总有一天会留下我"叶小瞎"三个字。

若留不下，那是他们瞎。

03

我问师父："我离大侠，到底有多远？"

他说："很重要吗，当大侠？"

我说："对我来说，很重要。"

他说："这座城里，有百分之八十的人，曾经是名震江湖的大侠。咱们这就是中老年大侠的敬老院，你混得再好，老了以后，还是要回到这里。你自己想，砍了那么多人，就绕了那么一圈，有意思吗？"

我说："对我来说，过程很重要。"

他说："我搞错了，你的过程是被那么多人砍了一圈。"

我说："用得着这样打击我吗，你不就是想让我照顾你一辈子吗？"

师父忽然叹了口气。他说："你和我赌一场吧，赌赢了，我把绝学传你，亲自送你出城。"

04

我和师父赌了三局。

输了三局，输给师父三餐饭钱。

我很生气，上山砍柴出气。

柴刀掉河里了。

我几近崩溃，悲恸欲绝地望着河面。

一个声音突然叫住了我："别跳。"

我回过头，是个女孩，穿着怪异，像是胡人的衣服。

她说："小小年纪，不要想不开。"

我说："大婶，搞错了。跟了我很多年的柴刀掉河里了，我站着追忆一下似水年华而已。"

她说："哦哦，柴刀，我送你一把吧。"

她真给了我一把刀，刀刃锋利，刀却是弯的。这种刀，不要说砍柴，就是割草都能割破自己大腿。我看了看她，她天真地望着我，我心想：多可怜的姑娘啊，买不起好点的衣服，脑袋还不怎么好使。

我问她："你叫什么名字？"

她说："你叫我苏苏吧。我家从山背面过来的，现在在山脚放牧。"

我仰头看了看山，高耸入云，说起来，我还真不知道山背面是什么样的。她问我："你是做什么的？"

我说："我叫叶小瞎，是赌侠的徒弟，现在是山上砍柴的，不过我觉得我不会一辈子砍柴，再过两三年吧，就能当大侠。要么四五年，最多六七年，不超过八九年。"

那天她挺高兴的，笑嘻嘻地说："很高兴认识你，大侠叶小瞎。"

05

春去秋来，几年江湖岁月过去。城中一些老侠故去，一些退休的侠客来到城里。

我依旧过着不温不火的生活，学习中老年武术，上山砍柴，和放羊姑娘聊天。我给她讲我所知道的江湖，我讲总有一天，我叶小瞎会走上江湖，变成一个江湖传说，一个江湖神话，她听得一知半解，也被我逗得咯咯笑。她也时常给我讲山后的生活，她生长在普通人家，父母离异，她和母亲流浪到这里，放养着几只和她们一样流浪的小羊。

我说："你们真可怜。"

她摇摇头，说："不可怜的。"

我无法理解她，但还是挺喜欢她的，这几年砍柴生涯，孤独惯了，有个女孩子聊聊天也好。

我有时会把苏苏带回城里，带她去见一见那些传说中的大侠，如今七老八十的大爷。他们见到苏苏，比见到我还热情，摸出各种零食给她。都问她，小姑娘，打哪儿来呀？苏苏很乖巧，说："北方。"他们又问，在和叶小瞎谈朋友呀？苏苏看我一眼说："没有呢。"他们这才放心，没有就好，姑娘还没瞎。

我给这些老不死的气得不行。久而久之，苏苏和他们也混熟了，有事没事，也和他们学个两手，中老年人防身术什么的。

那年秋天，有人来找我比武。

江小龙。一个和我打了十年，输给我十年的男人；一个有完没完，你他妈烦不烦的男人。

江小龙是城里镖师的徒弟，在镖局上班。那天我们各自站在城墙上，我抱着柴刀，他抓着两把快刀，微风从高处吹来，吹得我们的衣角摇摆。

江小龙说："叶小瞎，我刚从大漠回来。"

我说："所以新招是长河落日圆喽？"

他说："大漠起兵了，骑兵连破了三座边城。"

我说："成吉思汗反攻中原了？"

他说："是伯颜的骑兵，按照他的进攻路线，很快就会打到这里。也许下个月，也许就是明天。"

我说："无妨，这里是江湖的敬老院，有那么多高手长辈，伯颜攻打这里，是不要命了。"

他说："你要知道，这里是江湖的废城，江湖不一定管，朝廷一定不会管。蒙古人来了，老侠们可以去江湖上躲，你怎么办？"

我愣了下，说："要都躲了，那就我上吧，和蒙古人拼了。"

他说："现在和我去南方，还来得及。"

我说："开什么玩笑，怕，就不要出来混。我们出来混的，被人砍算什么，躲起来才丢人。"

他说："叶小瞎，你怎么还是这么天真？"

我没工夫搭理他，转身抱着梯子往城下爬。

他又叫住我："叶小瞎，你不要随便就死了，我还没打赢你呢。"

我应了一声："知道了，真烦。"

06

正德十四年的冬天，骑兵来了。

万军围城。

朝廷果然没有发兵。

蒙古大将放出话来，三日不降，城破屠城。

整个江城笼罩在阴影里。江湖中人组织了救援，但必须先把人撤到城外。这时代，还没有人能够正面对抗蒙古骑兵。

苦等了一日，蒙古的信使入城传话：蒙将嗜赌，久闻赌侠大名，要师父和他赌一场，赌注是这座城。

我问师父："能赢吗？"

他说："赢不赢不重要，重要的是有人去赴约。"

我说："也对，谁让你最能赌呢。"

他说："你错了，我去，不是因为我能赌，而是因为我是侠。"

我送师父到城下。师徒分别。我终于问他："师父，'江湖'这个词，我盼了二十年，盼到了现在，可究竟什么是江湖？"

师父说："什么是江湖，弱肉强食吗？是的。锄强扶弱吗？是的。你心是什么样的，江湖，就是什么样的。"

知不知道那一年，我怎么赢的桐城洞主？

我押命上去赌。我敢赌，所以我能赢。我赌了二十年，赌的都是命，赢的也都是命。

我最后一次赌，赢了桐城洞主的人头和全部家当。那时我赌到快疯了，七天七夜，四十九场，四十九胜。最后如何呢？仇家来我家寻仇，我的妻儿老小，全死了，只有我一人活下来，躲到这个江湖的回收站里，了此残生。

二十年，是时候向往事赎回一些东西了。

07

师父输了。他输掉了自己的命。

08

我六神无主地在城里游荡，上山去，却发现苏苏已经不在了。只有一个放牧的阿姨。

我说："是苏苏的母亲吗？"

她说："我是她的保姆，苏苏已经出城了。"

我说："现在出城？城外可都是骑兵。"

她说："苏苏是蒙古大将的女儿。"

我震惊地望着她，我又摸了摸腰上的那把刀，这才意识到，原来这是蒙古兵手里的马刀。

她说："你就是叶小瞎吧，苏苏让你晚上去营里找她，她有要事相告。"

我说："她有没有什么信物留给我，定情信物之类的？"

她说："没有，再见。"

深夜，我和江小龙蹲在城墙上。

大风从墙上刮过。

江小龙说："见了鬼了，你就上山砍个柴，还能碰见蒙古公主。我们是活在网络小说里吗？我亲爱的蒙古驸马。"

我说："少废话，要走赶紧的。"

我们翻下城墙，摸进蒙古人的营帐里，按苏苏给的地址悄悄摸过去。

一个夜巡兵发现了我们："站住！干什么的？"

我回过头："我吗？我是诗人啦。今晚月亮不错，出来作一首诗。"

江小龙说："我是词人哦，月色尚可，爬出来作词哦。"

他皱了皱眉："诗跟词在哪儿？我刚也写了一首，拿出来比比。"

我们扑上去合力把他放倒："就你丫事多。"

在营帐的深处，我找到了苏苏。她换了一身蒙古人的衣服，拉开帐篷的一条缝，让我们赶紧进去。

我说："苏苏？"

她说："小瞎，对不起，有很多事情已经来不及解释了。大将下了军令，七天后攻城。城西的军队被调开了一部分，你们从城西撤出去，一定要在七天之内。"

我说："我师父呢？"

她说："你师父一夜赌了二十场，最后力竭而死。"

我说："他尸首在哪儿？"

她说："不要问了，快走，夜巡的来了。"

远处传来人声。我看着她的眼睛，说："苏公主，我最后问你，要不要和我走？"

她苦笑摇头："小瞎，你太天真了。"

时间已到，江小龙拉着我飞快地蹿了出去。苏苏远远望着我们，挥了挥手，蒙古兵们紧张地围住了她。从那时起，我忽然明白，江湖儿女，后会有期有多潇洒，相见重逢就有多难。

09

我和江小龙回到了城里，组织江湖遗老撤离。

老侠们多有不忿，嚷嚷着要去城外和他们搏命。我们纵横江湖这么多年，谁不卖我们一个面子？

我站在远处望着他们，心中无悲无喜，只是确定了一件事，江湖是江湖，战争是战争。现在战争来了，这些江湖遗老，就真的已经老了。

他们将在第五天的下午，从城西撤走。

我说："需要有人做诱饵，调开蒙军。我来吧。"

江小龙说："你疯了？"

我说："我比较诱人啊，换你你行吗？别吵吵，事情就这么定了。"

一些大爷走了过来。令狐冲说："叶小瞎，虽然你天赋不怎么样，长得也不好看，还非常自恋，活了大半辈子，女朋友还跑回娘家了……"

我差不多被他的分别感言感动哭了。

他说："可这二十年来，这江湖上的所有绝学，在我们身边，你都学了个遍。更重要的是，你师父没有看走眼，你终于从他那里，继承了江湖的遗志。"

我说："死磕吗？"

他说："是舍生。"

10

时间过去，江湖遗老们有内功的传内功，有神兵的给神兵。到了第五天，遗老们预备撤离，我已经基本和人形高达一个模样了。

动身前，我去给师父上了一炷香。

我说："师父，我生在江城。人们都说我是江湖反动派的儿子，父亲是桐城洞主，杀人无数，罪恶滔天，最后被各大门派围攻，战死江城，死前留下了我。江湖遗老们于是渐渐守在这座城里，像是守着一个经年的秘密。"

可现在我却要用自己的命，去拯救这些杀我父母的仇人。师父，你告诉我，这究竟是不是一个所有人都难以忘记的错误。终于我转世而来，只是为了修正一切？

那一夜你赌了二十场，赎回了二十年间多少往事。

可知你有没有赎回对我的愧疚？

师父没有说话。

城外白云悠悠。

我已有了答案。

我骑上自己那匹汗血宝驴，来到了城前。

老侠们已经聚集在一起，江小龙将带着他们，从城西的小道出去。

我说："诸位保重。"

江小龙突然对我说："叶小瞎，你不要随便就死了。我还没打赢你呢。"

我哈哈大笑，背过身挥了挥手。

11

蒙将问我："你是谁？"

我说："我是一个侠客。"

他说："何敢挡路？"

我说："我来迎娶你们大将的女儿，若不让开，不要怪刀剑无眼。"

蒙将哈哈大笑，你很有勇气，可惜缺了点脑子。

我抬起头，在很远很远的地方，似乎正有一个女孩，遥遥地望着这里。

回顾我这二十年，真的很奇怪，好像每一个认识我的人，都讲我，叶小瞎，你为什么这么天真？

我始终觉得，这不应该是一个设问。这必然是一种肯定。我一直全心全意地，身体力行地，在阐述一件事。我叶小瞎，就是这么天真。

我怒吼了一声，纵驴冲向军中。

一入千军，万马嘶鸣。

12

那天是正德十四年的冬天，下午，天气很好。

一个将死的侠客摇摇晃晃，望着天上的太阳。好像朋友们都围绕在他的身边，感觉很温暖。

小道士和
小狐狸

01

小道士下山捉妖精。

师尊有命：今年道馆业绩不达标，来年你们都要下岗。师兄师姐们于是骂骂咧咧，就拿着家伙去找隔壁妖山的大佬们火并。

小道士道行不够，不会飞，只能一格一格地爬楼梯。

半山腰有一只小狐狸问他："道士哥哥，你这是要上哪儿去呀？"

小道士是小狐狸的好朋友，五年前，他在道馆附近遇见这只会说话的狐狸，她告诉他，她本来是山里的原著居民，因为错吃了道馆的香灰，开了灵智。又可能是香灰吃得不多，她还有点弱智。总而言之，除了会说话以外，她和一个四五岁小孩基本没什么区别。

小道士经常偷香灰给她，作为回报，她送他山上的果子。她常常说："道士哥哥，希望这能改善你的体质。"他也常常说："狐狸妹妹，希望这能提高你的智商。"

小道士说："是狐狸妹妹呀。师父有命，要我下山打妖怪。师父有命，要是我打不到妖怪，让我这辈子就别回来了。"

小狐狸问他："那我能和你一起去吗？"

小道士说："不行啊。现在风声这么紧，你下了山，万一被我师兄严打了怎么办？"

小狐狸娇嗔说："不嘛不嘛，一起去嘛。"

小道士说："不许卖狐狸萌。"小道士后来转念一想，自己今年才二十岁，下山还带个狐狸精道宠，搞不好，还会被大家误认成千年道长。

他松口说："那说好了啊。下山可以，你得乖乖和我回来。"

小狐狸乖乖地说："一言为定。"

02

在小道士的记忆里，他很小就在道馆里了。他的父母很有想法，孩子才三岁，就被他们送上来学习长生不老之术。这几年，他在道馆里学习道法自然，学习道生万物，学习降妖伏魔。

师父常常问他："叶小道，知道为什么要降妖伏魔吗？"

小道士很老实，说："我不知道。"

师父敲了敲他的脑袋，师父说："因为我们要维护世界和平。"

可是小道士总觉得师父颠倒了因果，世界和平是维护的，不是降服的，为什么不能共同建设一个美好世界呢？人是人他妈生的，妖是妖他妈生的，大家都是爹生妈养的，天天打来打去，多没有礼貌。

但他不敢去告诉师父，也不敢去告诉师兄师姐，怕他们嘲笑他幼稚。

那天小道士带着小狐狸混过门卫，出了山，突然狂风大作。小道士一转头，小狐狸不见了。

变成了一只大狐狸。

大狐狸眼角有刀疤，叼着一根烟。

大狐狸说："看什么看，没见过美女啊。"

小道士结结巴巴："大……大婶，您哪位？"

大狐狸说："二十年了，你师父镇压了我整整二十年，我天天装萌扮哕，等的就是自由的这一天。你给我一口香灰，我也饶你一条命。现在，你可以滚了，哭着滚回去找你师父吧。"

小道士颤颤巍巍地掏出一张字符，贴在了大狐狸的头上。

大狐狸说："干什……"话音未落，"嘭"的一声，变回了小狐狸。

小狐狸说："讨厌。你对人家做什么了啦。呜呜呜。"

小道士自言自语："从师父床下偷的符还挺有用。"

03

原来小狐狸欺骗了小道士，小狐狸是山下的千年狐妖，二十年前被师父打回原形，躲藏在山上养伤。这二十年来，忍辱负重，为的就是逃走。现在她好不容易混下山，结果还是得以卖萌为生，这让小狐狸心里异常崩溃。

她躺在地上又哭又闹："你放我走放我走。我又没做什么坏事，你凭什么不让我走。"

小道士说："怕了你了。我们做个交易吧，你带我去捉妖怪，事后，我偷偷放你走。"

小狐狸说："拉勾勾哦。"

小道士说："唉，师父一定会骂死我的。"

小狐狸回过头说："他妈的真烦。"

小道士说："你说什么？"

小狐狸说："没什么啦。道士哥哥。"

04

小道士和小狐狸来到山下。小狐狸带他去找道上的朋友帮忙。

小道士到那儿一看，发现居然是一条田园犬在巡山。

田园犬走上来，抖着腿，流里流气地对他说："兄弟，最近手头紧，借点钱来使使。"

小狐狸说："滚开，黄皮，他是老娘罩的。"

田园犬说："原来是红心十三妹，你从山里出来了？这人是你凯子？"

小狐狸说："少废话，让你们家老大貂皮出来讲话。"

田园犬还想说两句场面话。小狐狸娇滴滴地说："好不好嘛，黄皮哥哥。"

田园犬黄皮缩了缩脖子："你这样讲话，人家小心肝好怕怕。"就悻悻地喊人去了。

貂皮，是一只猫。

小道士忍不住想："这只猫还挺有人生追求。"

貂皮说："十三妹，找我什么事啊？"

小狐狸说："老娘最近手头有点紧……呸，错了，我有个小兄弟，山里修道的。最近道馆抓业绩，听说你无恶不作，上厕所不洗手，偷看老奶奶洗澡，就带他上你这儿了。"

貂皮为难地说："这位壮士这么娇弱，我就是让他揍，他也得缺胳膊断腿吧。"

小狐狸说："不碍事不碍事，咱别把这位壮士弄死就行。"

貂皮于是躺下，大声说："来吧，壮士，别客气。"

小道士有点抑郁，他伸出手，想把这只猫拉起来。

这时，忽然刀光一闪。貂皮和黄皮各自"喵呜""嗷呜"一声，飞出去了。

远处走来一个男子，手里拎着一只田园犬和一只田园猫。

男子哈哈大笑："谁说妖精难找，这儿还是有两只的嘛。"

小道士结结巴巴："大……大……大师兄？"

大师兄说："啊，这不是小小小师弟吗。这两只妖精是你掉的吗？"

小道士摇摇头。

大师兄说："那师兄就不客气地捡走了——咦，怎么还有妖气？咦，还有点狐臭？"

小狐狸后背一紧，要上去和他拼命。小道士连忙把她按住了。

小道士大声说："可能他们平时不讲卫生吧。师兄，我和这位姑娘还有个恋爱没谈，就先走了。"

小道士拉着小狐狸匆匆离去，大师兄拎白菜似的拎着两妖，狐疑地望着他们。

05

小道士和小狐狸从山里跑了出来，小狐狸一边走，一边埋怨他："叶小道，你个笨蛋。"

小道士说："他是我大师兄嘛，我上山以后，经常被他欺负，见到就害怕。"

小狐狸说："我可以帮你报仇。"

小道士说："你不懂的，不是所有问题，都必须用打打杀杀解决。也许我能用爱来感化我的大师兄呢？"

小狐狸冷笑几声，她说："你就用你的爱去收服妖精吧。我的爱心道长。"

他们在路上奔波了几日，小道士始终不肯撕开符咒，遇见的妖怪一个比一个凶悍，两人只能落荒而逃。说来也是，换谁午觉醒来，发现家门口多了一只卖萌的狐狸，央求自己去挨一通揍，心情都会很不好，都会想揍人。

到底上哪儿去找好欺负的小妖精呀。一个小道士和一只小狐狸垂头丧气地蹲在路边。

06

这一天，小道士和小狐狸来到了一座城下。城内张灯结彩，集市喧哗，好不热闹。

小道士问守卫："今天是什么日子？"

守卫说："中元鬼节。"

小道士抬头，城门上写着两个大字——

"鬼城"。

小道士和小狐狸进到城里，城内鬼怪横行。小道士和小狐狸不禁老泪纵横，这一个个的，都是白花花的业绩呀。

从哪个妖怪下手呢。街边那个卖红薯的地瓜精看起来好欺负，可是面对那么老的婆婆，小道士有点儿下不去手。

街头那个壮汉倒是不错，小道士走到他面前，相当文艺地问他，我有故事和酒，你愿不愿意给我揍？

壮汉说："滚走。"

小道士哭哭啼啼地回到小狐狸身边："他……他……他骂我。"

小狐狸捂着腮帮子，绝望地说："你个尿包。"

他们在城内闲逛，无奈地发现，即使都到鬼城来了，他们依然捉不到妖精。他们只能在城内住下，他们住进一家客栈。期望某天，隔壁有人暴毙，他们就能绑着尸体出城，欢天喜地跑回家交差了。

城市的中心，正举办着盛大的活动，妖精们在庆祝这一年的丰收。他们挥舞稻穗，举着农具，发出嗨哟嗨哟的声音。一些鸟兽从天空飞过，撒下来糖果和彩纸。在远处，夕阳缓缓地坠落。

小道士和小狐狸来到一座桥上。

小狐狸坐上桥栏，一上一下地晃动双腿，望着远处的聚会。

小道士说："他们好像都很开心。"

小狐狸说："是呀。没有烦恼的妖精们。"

一位路过的大爷说："开心是一天，不开心也是一天，为什么不开心点呢，年轻人。"

小道士说："大爷，谢谢你。"

大爷说："两口子吵架了吧。你看你把姑娘气的。"

小道士奇怪地回过头，小狐狸的表情，不知道什么时候变得落寞。

小道士说："你怎么了？"

小狐狸说："我想起我妈了。她以前也教育我，做妖精，最重要的就是开心。后来，她被人做成了一条围巾。"

小道士说："对不起，我不知道这件事。"

小狐狸说："你知道点什么呢。你这个什么都不懂的爱心小道士。"

小道士说："你以前真的没有作过恶吗？"

小狐狸说："我会说话，这就是我的罪恶。你看在这座城里面，有谁承认，自己是妖？是天生下的我们，却又判我们有罪。"

天色渐黑，桥上的灯笼亮了起来。小狐狸沉默地望着远方。小道士走上来，握了握小狐狸的手。

小道士忽然对她说："你的手好冰。"

小狐狸说："那你松开啦。讨厌。"

小道士说："我不会松的，我不会放你走的。嘿嘿。"

07

小道士和小狐狸在城内一住好几天。他们总是捉不到妖精，干脆当成来旅游的了。小道士发现，城里的鬼怪，虽然长得砢碜了点，却异常地好客。

小贩们送他们零食，大爷大妈们给他们讲过去的故事。

他和小狐狸走在大街上。一些年幼的动物蹦蹦跳跳地围在他的脚边，它们问他："叔叔，你是什么变的呀？"

他说："我吗？我是道士啦。"

小动物们于是啊啊啊地叫起来，你是道士啊。接着它们说："道士是干吗的？"

他说："伸张正义，维护世界和平。"

小动物们说："酷哦。那个姐姐也是吗？"

他抬起头，小狐狸正站在街尾，和卖饰品的大妈还价。她买下一支发钗，戴在自己的头上，对着镜子看了看自己的脸，咯咯地笑。

他抱起一只小动物，温和地说："她是我的小狐狸。一只没有安全感的狐狸，我是她的保镖小道士。"

08

不知不觉中，城内的时间流走。小道士有天打开客栈的窗户，发现这里下起了秋雨。

他想："过去很长时间了呢。"

他下楼买早点，却看见了一群熟悉的人。

他说："大……大……大师兄？"

大师兄说："小小小师弟。你也在这儿？正好，我们灭了这座城，一起回道馆放假。"

小道士惊愕地抬头，城市的中央，传来了喊杀声和惨叫声。

小狐狸狂奔下楼，大声说："我弄死你们。"

一阵刀光闪过，小狐狸飞出去了。

大师兄说："你被师父镇压在山里，竟给你逃出来了。正好，今日一起收拾了。"

小狐狸啐出一口血，怨恨地看着他们。

大师兄举起了手中的剑。

小道士挡在了前面。

大师兄说："干什么，让开。"

小道士说："师兄，人是人他妈生的，妖是妖他妈生的。大家都是爹生妈养的，不存在正邪之分。"

大师兄很失望地摇了摇头，说："大逆不道。跟我回道馆，听从师父发落。"

小道士举起了他的剑，贴紧了自己的脖颈。

小道士说："师兄，我自幼上山，所学所知，非我所见所想。我不知道怎样结束这个错误，我只能选择结束我自己。"

小道士说："狐狸妹妹，对不起，我是一个不称职的保镖，我……我只能保护你到这里了。"

他手中用力，世界陷入了黑暗。

09

城内硝烟四起。

小狐狸看着被她打昏的男孩。她想，何必这么固执，他这个笨蛋小道士。

她对那些人说："是我蛊惑的他。各位道长，你们惩罚我，带他回家吧。"

在她的身后，九条巨大的尾巴随风摇动。

尾巴鲜红，在日光下熠熠生辉。

10

小道士醒来，发现自己正躺在一张熟悉的床上。

窗外传来稀疏的鸟叫声，师兄师姐们在做早课。

两个师兄在窗外说话。

那狐狸快炼成丹了吧。

师父说了，还得等一段时间。咱们这回可是捡了大便宜，千年难遇的九尾妖狐，就这一只，抵得上道馆三年的业绩。那天在鬼城，全部弟子都上了，才把她的尸身带回来。奇怪的是，她身体都打烂了，还护着头上一张不知道哪里来的符死死不放。

11

小道士下山捉妖精。

捉呀捉呀。

捉呀捉呀。

捉不到小狐狸。

12

从师兄们口中，小道士得知，托小狐狸的福，鬼城中那些本该被屠的妖精，全都活了下来。

后来，从天上下来了政策。拒绝种族歧视，妖和人都要和平共处。之前有部分同志，在替天行道的时候，手段不当，已经对他们做出了严肃的内部批评处理。

小道士依然在山上学着长生不老之术。学着道法自然，学着道生万物。师父没有过分地责罚他，只是交给他一柄扫把，让他好好打扫道馆，好好打扫他的心。

后来的一天，小道士带着扫把和簸箕，路过了半山腰。在那里，他看见了一棵干枯的果树，以及一些没来得及吃干净的香灰。

他依稀记得很多年前，就有一个很小很小的道士和一只很小很小的狐狸。他们坐在这里，吃着小果，聊着人生。小道士讲他对美好世界的向往。小狐狸其实什么都懂，还是假装懵懂，露出嘻嘻的笑容。

现在，他们都去了哪里呢？

"道士哥哥，你的道法真美好。"

"道士哥哥，你会保护我的，对吗？"

"会的。"

"可你总是挂科，天天被师父罚扫地。"

"没关系，我可以用我的爱来保护你。"

"你爱我？"

"是的，我爱你呀。"

山顶上传来了悠长的钟声。

一个苍老的声音从山间远远传来："丹成，开炉——"

小道士蹲了下来，他想，小狐狸以前总喜欢装萌扮哕。现在变成了一颗球的样子，大概就没有以前那么萌了吧。

不知过了多久，在他的头顶，传来了嘈杂的人声。有许多人慌乱地说："快，快抓住那颗丹，滚下山去了。"

小道士抬起头，一颗硕大无比的球朝他滚了过来。

他大骂一声，发足狂奔，被大球碾轧而过。

轰然一声巨响，球把果树撞倒了，小道士披头散发地从地上站起来。

球身上裂开了一条缝。

一个女孩扑扇着狐狸耳朵，坐在小道士的怀里。

她说："你个贱人，你刚才觉得谁不萌？"

山下渔舟唱晚，霞鹜齐飞。在更远的地方，传来了农夫的号子，还有山间小妖快乐的歌声。

他用尽全力，抱住了面前女孩。呼吸沉重得快要窒息。当他拥她入怀，他终于明白，他依然坚守着自己的道法，道是一个圈，爱是一个圆。那些上天亏欠他们的，都在某一天还给了他们。

他依然坚守着自己的道法。他终究没有放弃，对这个世界的美好向往。

从 前
有 座 山

01

从前有座山，山里有座庙。

庙里有一个小和尚。小和尚让老和尚讲故事。

老和尚说："我是你爸。"

小和尚说："够了！这的确是一个感人泪下的故事。"

老和尚说："实不相瞒，我躲避仇人追杀，安身在这座小庙里。"

小和尚说："我娘呢？"

老和尚说："你是我无性生殖出来的。"

小和尚说："……咱家仇人呢？"

老和尚说："年事已高，上个月中风死了。"

小和尚说："师父，照你这么说，这个故事开展不了了啊。"

老和尚说："叶小佑，你要知道，一切的故事，都是提前铺设好的。"

老和尚挂了。

小和尚埋了。

小和尚知道，老和尚说的都是鬼话。老和尚年纪大了，已然老年痴呆，他平日里念的佛经，小和尚连标点符号都不相信。

不管怎么说吧，故事展开不了没关系。寻亲线没了，复仇线没了，他还有条还俗线呀。

小和尚欢天喜地，啦啦啦啦一路下山去。

遇上山匪了。

山匪说："此山是我开，此树是我栽，要想过此路，拿命来。"

小和尚说："这位施主，您到底要财要命？"

山匪说："我本来想劫色的，奈何蹲了大半月的点，才发现尼姑庵在对面山头。我想，我们人生总是这样的吧，忙碌地追寻，却又一无所获。"

小和尚说："你说得对。"

山匪说："你想下山，可是何处是山，何处是山下？心中无山，山中无庙，庙中无你，又何来还俗？"

小和尚说："大师，我悟了，我悟了。"

山匪淡淡一笑，对小和尚说："且去参悟。"

小和尚啦啦啦跑回山上去了。

03

小和尚发现不对。

他妈的，居然让山匪给点化了。这佛法是念到哪里去了。

转念一想，自己真不是干这行的料，不行，更得还俗。

他再次打包行李下山。

遇上一位秀才。

秀才说："这位秃驴，您这是要去哪儿？"

小和尚说："弱水三千，我喷你一脸。佛爷我去还俗。"

秀才说："我为你讲个故事送行吧。"

小和尚说："好呀。"

秀才说："我有一个朋友，也是秃驴，他还俗去做了大官，位极人臣，谁料遭人陷害，全靠装死逃过一难。他偷偷回到家，发现老婆为了保全他，上吊而死。死前留下了一封信，上面说，我是你在僧庐的一盏青灯，你养我灯油，我陪你入世。我原以为这只是报恩，后来发现，我错了，我情愿替你而死，只希望你能活下去，我想，这大概就是人世间的爱情吧。"

小和尚问："后来呢？"

秀才说："后来，她化作了灯芯，后来，秃驴听闻，山上有庙，点燃灯芯，每日诵经，她还会复活。"

秀才突然咳出一摊血。

秀才说："想必你已经猜到了，我就是那个秃驴。我命不久矣，只剩下这个心愿了。"

小和尚接过秀才递来的灯芯，哭哭啼啼回庙里了。

好感人的爱情啊。他一边哭一边敲木鱼。

04

这一日，小和尚意识到不对。

他回忆起老和尚死前那句——一切故事，都是被铺设好的。

他翻开老和尚的日记，只见里面触目惊心地写着：

老衲已经被困了三十年了。

那女人是他们的大佬，他说："我是她相公。她一定会保护好我，并且让我永世不能逃走。"

小和尚猛然回过头，果不其然，一个女人正安静地注视着他。

女人含情脉脉："相公。"

小和尚说："大婶，认错人了。你相公在后院埋着。"

女人说："不会错的，你一定是我相公。"

05

女人关切地摸了摸小和尚的手，又离开了。

小和尚不死心，狂奔下山，一位瘸子拦住他。

瘸子说："你还是不肯放弃对吗？"

小和尚说："没有什么能阻挡我对还俗的向往。我说你们到底有完没完，一会儿山匪一会儿秀才的？"

瘸子告诉他，他们都是女人的手下。像他这么屌的，还有六个。

小和尚锲而不舍地下山，他们锲而不舍地阻拦他。

终于，小和尚累了。他放弃了，他妥协了，他决定在那座破庙里同那位白雪大婶与七个小黄人了此残生。

06

张灯结彩。

鞭炮齐鸣。

女人穿着嫁衣，小和尚穿着嫁衣，两个人坐在新房里。女人对他说，不好意思呀，只买得到嫁衣，凑合着穿吧。

女人说："我们又在一起了。你开心吗？"

小和尚说："为什么我也要穿嫁衣啊，呜呜呜呜。"

呜呜呜完小和尚说："我不想活了。"

女人说："别哭，今天是我们大喜的日子啊。"

女人喝了很多酒，醉醺醺地抱着小和尚。"相公，相公。"她说。随后又像是做了噩梦一样，大喊起来，"你们不要拿走我的孩子，不要杀我的相公——"

小和尚受不了，把她安置好，推门走了出来。

噼啪啦咚哐，从门上摔下来七个兄弟。

…………

七兄弟面不改色："我们路过贵宝地，还有事，就先走一步了。"

小和尚拉住他们。

小和尚说："给我讲一讲你们的大姐大吧，好吗？"

07

七兄弟说，女人以前是大户人家的小姐。二十年前，女人和一个穷秀才私奔。

有一天，女人的父亲打上门来。孩子丢到河里，秀才喂了狗。

女人从此得了失心疯，她偷偷从家里跑了出来，逃到这座山上。这些年来，她就一直守在这里，把山里的每一个男人当成自己的相公，困着他们，寸步不让他们离开。

小和尚说："那你们呢？"

七兄弟说："实不相瞒，这山顶有根葫芦藤，上面结了七个神奇的葫芦……"

小和尚说："够了！我才不要相信你们。"

小和尚来到佛像前，讲述了自己的苦恼。他想："师父，你死的时候，一定是快乐的吧？是不是，这间佛堂、这份婚姻，才是我们的地狱？"

那时的小和尚还不能理解，早早被铺设好的，其实是他的因果。

08

庭有枇杷树，老和尚坟头所植也，今已亭亭如盖，茂盛且盈盈。

不知不觉中，小和尚在山上度过了两年的幸福生活。

女人很贤惠，为小和尚劈柴挑水，生火煮饭。这个女人同时也很强势，规定小和尚的穿着，要求小和尚的一言一行，每每叮嘱他，要多吃蔬菜，少吃肉肉。

小和尚当然想跑，只不过，这女人比他更能跑。山中的鸟兽们，每天的节目就是守在傍晚时分，观看一个女人挥舞着搓衣板，追着一个小和尚，从山的这头奔跑到那头。

这一天清早，小和尚醒来，神奇的一幕发生了。

他的老婆在天上飞。

天神们追着她，她极力挣扎，仍被铁索紧紧地捆着。

小和尚说:"天神,敢问我的娘子犯了什么罪?"

天神说:"她本是云华仙女,和凡人通婚,触犯了天条,我们是来捉她归案的。"

小和尚说:"那我呢?"

天神不耐烦地说:"凡人归凡条管啦。"

小和尚双手合十,拜了拜。

他说:"云华,你我夫妻一场,看来今日只能到这里了。"

女人惨然一笑,说:"你走吧,你一直想要的,我还给你自由。"

09

重获自由。

可喜可贺。

小和尚啦啦啦啦下山还俗。

半山腰,七兄弟正抱着一棵树痛哭。这次倒是没有上来拦他。

小和尚问:"奇怪,你们怎么没跟着大姐大一起走?"

七兄弟说:"我们本就是你的东西,又能去哪儿?"

小和尚感觉到莫名其妙,他说:"那你们就留在这里吧。"

10

小和尚下了山。

他走在去往王都的路上,沿途所见,都是灯红酒绿,歌舞升平。有时他会经过一些脂粉气四溢的地方,楼上的漂亮姐姐们嬉笑着,把瓜子皮扔在他的头上。

小和尚抬起头，也不恼，朝她们笑笑。

漂亮姐姐们说："小师父，上来坐坐吧。"

小和尚说："不了不了，我娘子会下凡来剁了我的。"

人们哄堂大笑，小和尚慌忙地走开了。

这一日，小和尚一身疲惫地来到一条河边，他蹲下来，想洗把脸。却见到河底一张脸惊恐地看着他。

小和尚吓得一蹦。

哗啦啦的水声，一个猪笼从水面下被拉了上来，扔在地上。原来刚才和他对视的是一个少女，被关在了猪笼里面。

小和尚回过头，一群家丁打扮的人，正指着猪笼，大骂道："你贵为大小姐，却和家中小厮通奸。要不要脸，要不要脸？"

那少女很倔强："不要。"

"不怕我们溺死你？"

"我怕什么？我就算野草一样死去，也要像野草峥嵘般地爱。"

家丁冷笑："推她下去。"

小和尚突然说："等一下。"

人们侧目。

小和尚说："让我给她诵一段经文超度吧。"

家丁们犹豫了一下，让开了。

小和尚走上去，对少女说："你很像我的一位故人。"

少女说："是吗？哎，你干吗？别乱摸，非礼啊……"话音未落，笼子被打开了，小和尚用力一推，少女跌进了水里，她扑腾了两下，道了声谢，朝对岸游了过去。

小和尚目送着她，说："你一直想要的，你自由了。"

家丁们抄着家伙，愤怒地冲了上来。

小和尚说："都不许动，我老婆可是神仙。"

那群人安静了几秒。有人说："那你老婆在哪儿？"

小和尚说："前几天回娘家了。"

人们纷纷上去揍他。

后来人群散去，临走之前，用刀在他的额上划了一个十字。

小和尚一身是血，奄奄一息倒在角落里。回忆像跑马灯似的涌了上来——小山，破庙，七兄弟，云华，他回想起师父死前说的那句话。

他想：师父，是不是我今天的死，也是被人早早铺设好的呢？那个一定要弄死我的家伙，到底是谁呢？

他闭上眼，眼前浮现出一颗耀眼的光头。

小和尚说："师父，竟是你？"

师父含笑说："是我。"

小和尚说："师父，我和你无冤无仇。"

师父说："我是被贬下凡的天神，这是我计划里的一部分。你必须因为舍身救人而死，才会在死后成神。我是你的前世魂，你是我的今世身。为了重生成神，我将你困在那座破庙里整整二十年。"

小和尚说："师父下手真狠。"

师父说："你要知道，一切都是值得的。"

小和尚说："云华呢？"

师父说："她是计划外的产物。"

闪耀的光头离去了。

小和尚醒来，发现自己额上的伤口，长成了一只眼睛。

11

自从有了第三只眼睛，小和尚看世界的角度不一样了。

他收养了一只濒死的细犬，由于叫声响亮，吵得人整夜整夜睡不着觉，邻里街坊，尊称它为哮天。他甚至有了自己的庙宇，也不知是从什么时候起，被大家称作了二郎神。

这一日，二郎神遛着哮天犬，巡游至一座山上。在那里，他遇见了七个熟悉的人。

二郎神说："咦？你们几个还没走呢？"

七兄弟说："你还有脸回来？办他！"

一通混战过后，七兄弟趴下了。

二郎神感到莫名其妙："你们几个怎么了？"

七兄弟很倔强，气哼哼回过头不看他。

后来，山匪忍不住了。他说："你扪心自问，你对得起云华吗？"

二郎神说："是很抱歉，可我救不了你们的大姐大。"

山匪说："你都忘了吗？"

七兄弟站起来。

二郎神仔细一看，他们竟都长着和他一模一样的脸。

二郎神说："这到底是……他猛地一个激灵，透过额上的第三只眼睛，他看见了自己的轮回。"

一世，他被贬下凡，为自己重新设计了一条封神之路，山匪、秀才……那一世他是无恶不作的山匪，却救下一个少女。那一世他是作死的秀才，却有青灯前来报恩。那一世他是还俗的和尚，却有痴情的小姐困住他……

够了！

你为什么一直跟着我？轮回里的他发问。

少女答："天神都是没有心的，借你的心玩玩喽。"

"好玩吗？"

"好玩。"

"可以还给我了吗？"

"你没有发现吗，我们的心已经长在一起了。"

二郎神捂住了胸口，心还在那里。他低下头，看见那颗心却是破裂的。

原来云华被天神擒走那天，她主动割开了自己的心。

二郎神回过神，俯下身，拜了拜七兄弟。

七兄弟说："前世已了。如今，我们是你的七情六欲，你的今世心。"

二郎神说："云华呢？"

七兄弟说："她还带着一点点残心，只记得这一世的事情，于是真的认为自己是大户人家的小姐，相公和孩子都死了，后来患了失心疯，流落到凡间，便失踪了。"

12

"我不要成神了。"二郎神说。

老和尚歇斯底里："我是你前世魂，你是我今世身。哪有身不听魂的道理？"

在一旁的七兄弟若有所思："想必这就是嘴上说着不要，身体却很诚实吧。"

七兄弟被拍向银河系。

二郎神沉默不语。

老和尚说："事到如今，你说什么都晚了。我会在你的第三只眼里监视着你，我不能让你毁掉我的理想。"

13

二郎神有时会觉得自己的人生是有时差的。

他总是赶上一些不合时宜的事情。比如带着厌恶和云华成婚，比如带着思念升天成神。他知道，自己还留恋着这个人间，于是在封神那日，他在封神榜上写下："听调不听宣。"

玉帝啧啧感叹："这位壮士，可真有个性。"

二郎神的第三只眼动了动。

玉帝打量着二郎神，说："你有三只眼睛，以后寡人就叫你阿三吧。"

玉皇大帝是一个忧伤的男人，他明明公正廉洁，却总被西王母散播两人之间存在不正当的男女关系。他还有不少青春期的女儿，叛逆、思春，隔三岔五从凡间给他带回来吃软饭的小白脸。

二郎神记得，云华就是他的亲妹妹。

有一天，二郎神路过他的玉辇，看见这个男人坐在车里，神情落寞地看着远处。

二郎神说："大叔，想什么呢？"

玉帝看了他一眼，又回过头，说："阿三，我很好奇，你是怎么做到的？在三千世界里无所事事地走来走去？"

二郎神说："不知道。我有三只眼睛，大概，就是为了能多看一些人，多记一些事吧。"

玉帝说："你有没有帮我记着我的妹妹？"

二郎神说："我都记着。记着你下的令，记着你打上门来，记着你亲手把她关在九幽之上。"

玉帝说："我也记着。记着你百般嫌弃，记着你落荒而逃，记着你先放开的手。"

玉帝突然朝他挥来一拳，两人顿时扭打在一块儿。呼喝着，老君望月，猴子偷桃。不许打脸，你丫赖皮……

终于，他们打够了，两个人气喘吁吁地倒在地上。

玉帝说："我明天还上朝的，你还真不留手啊。"

二郎神冷笑："你很热爱上朝啊？"

玉帝说："我爱啊。我爱这三千世界。我是玉帝，我要爱不容许神人相爱的天条，要维护高高在上的天威。我要爱的东西太多了。我好羡慕你们，只要爱一个人就够了。"

二郎神说："你的妹妹就不配你爱吗？"

玉帝说："我尽力了，我偷偷放走了她。可是她什么都不记得了，只记得一座山，一座庙。走之前，她留了一句话。"

"什么？"

"不后悔。"

14

二郎神在天宫浑浑噩噩地活着。有时他会下界去做一些好人好事。人们想要感谢他，二郎神却总是问他们："有没有见过一个女人？"

没有人见过。

"那位姑娘欠了你多少银子呀？"他们问。

二郎神沉默了。他想了很久，说："是我欠了她七百年。"

那几年，天宫不太平。一只叫作弼马温的猴子，在天宫闹马农起义。

猴子杀上来的时候，玉帝望着猴子，对它说："当初是我放了你一马，现在，是你打死我的时候了。"

猴子挥棒就打。

二郎神匆匆赶来，和猴子交战在一起。他刺出一戟，被猴子挑开，猴子回身横扫，金箍棒停在二郎神的脸上。

猴子说："你没用心。"

二郎神愣了愣，说："你打死我吧。"

猴子说："你们两位，爱好都有点独特啊。"

猴子高高举起金箍棒。

轰然一声巨响。从天而降的一个巴掌，将猴子压了下去。

二郎神抬起头，愣愣地看天。佛性的光芒笼罩着废墟，也笼罩着他。

天神们钻了出来，瑟瑟发抖地问："猴子死了吗？"

佛祖凝视着大地，说："不，不一定，猴子随时有可能重来。"

二郎神只是愣愣地看他。

佛祖说："抬起头来，年轻人。你为什么这么悲伤？"

二郎神说："我想，那座山头，才是我应该去的地方。它没能要我的命，那让我去监视它吧。"

他的第三只眼睛发出不甘的怒吼，却被天神们用赞许的目光淹没了。

15

后来有座山，山上有座庙。

有一个小和尚让老和尚讲故事。

老和尚摸了摸自己的额头，那只眼睛已经干枯许多年了，就像很多故事里模糊了的细节一样。那么，他应该讲点什么故事好呢？

老和尚说："徒儿，回到山下去吧，你我都不是修行人。"

小和尚惊讶地说："师父，您已经知道了？"

老和尚说："弱水三千，有一个人在等你，挺好。"

小和尚像个二百五一样，手舞足蹈，欢天喜地地下山去了。

老和尚走到高处，远远看着他们。

玄奘，你师父让你还俗啦？一个扎着马尾辫的小女孩问那小和尚。

是的呀。

以后打算做点什么呢？

去远行吧。我听说山的那边，有一只猴子，山的后边，有一只猪，再后边，是一个练举重的猛汉。还有更远的地方啦，藏了好多好多有意思的经书……

他们交谈着走远了。

16

二郎神越来越老了。

自从徒弟走完了西游，又有许许多多的人，慕名来到山上找他拜师。沉香、哪吒、红孩儿、快要饿死的朱元璋……

二郎神有时会觉得，其实自己，也不是真的那么好为人师吧。每隔一阵子，他就会对徒弟们说："还俗去吧。"

当孩子们快乐地奔下山，他像是想起了什么，叫了一声。

孩子们回过头："怎么了，师父？"

他说："记得把师父的故事，告诉别人。"

就这样，孩子们带着故事，去了别处。

从前有座山，山里有座庙。庙里有一个小和尚，喜欢听老和尚讲故事。小和尚长大了，在等一个小仙女回家。

后来的后来。孩子们变成了大人们，大人们有了新的孩子们。于是这个故事一遍一遍流传着，于是中原大地上，所有人都听说了这个故事。从前有座山，山里有座庙。庙里有一个小和尚，在等一个小仙女回家。

17

后来有座山，山里有座庙。

雪花飘落。响起了敲门声。

一个女人大声说："喂，踢馆啊。"

没有人回应，女人好奇地推开门，院子里，坐着一个泡茶的老和尚。

她说："你就是那个和尚？"

他抬起头，问："传说里的我，是什么样的？"

她说："三头六臂啦，能打十个啦。没想到，年纪这么大了。"

他摸摸老脸，说："年轻时候还是很好看的。"

她愣愣地说："可我什么都不记得了。"

他颤颤巍巍地站起来，走上去，扶住了她。手心相碰的一瞬间，她好像想起了很多事情，风霜渐渐褪去了，皱纹悄悄爬上了她的脸颊。

他们搀扶着，走进院子。松树，窗台，拐杖。那个点着青灯的厢房，那个许久没有衣服晾晒的晾衣架，以及松树底下，浮着七个葫芦瓢的水缸。它们全被铺上了一层白色，不知道从什么时候开始，白雪悄无声息地覆盖了这座小小的破庙。

他说："你回家了。我把这些年的故事，全部都讲给你听。"

18

于是所有人都听说了这个故事——

从前有座山，山里有座庙。

庙里有个小和尚，和小仙女住一块儿。

三千世界，多奇怪。

多少该不该、爱不爱。

春风吹得游人醉，野草峥嵘又易碎。

几年离索人世间。

从前有座山，山里有座庙。

庙里有个老和尚，和老仙女住一块儿。

你嫌我鹤发鸡皮，我笑你鬓已星星也。

不要笑，不要笑。

繁华也枯槁，人世也枯槁。

春风还在吹，野草会复生。

回过身，我们还是牵着手的小孩。

Chapter 02

遗落在光年之外

二十二年，他一直是一座
荒芜的城。

二十二年，他的爱人正化
作冰雪，纷飞而至。

遗落在光年之外

一

地球炸了。

宇航员在地外，只能阅读以前的日记，用以取暖。

后来他决定把自己的日记延续下去，就假设自己还在地球上，假设朋友们还在他的身边。

于是在那本日记里，他每天都在清晨的阳光中醒来，坐在床上，看着这个城市在阳光中苏醒的样子。

他假设自己有了一个爱人。爱人叫什么名字好呢，他想了很久，发现日记里他们都快要结婚了，自己还没给人家起一个名字。

夜深时分，他拥抱他的爱人，他和她亲吻。

他说："能和你在一起真好。"

她白他一眼，翻身说："毛病，这么大的人还腻歪。"

于是他沉沉睡去。做了一个梦，梦见地球炸了，太空中飘浮着一个孤独的宇航员。

日记里他醒来，坐在床边，看着太阳从大厦的那头缓缓升起，左手边躺着他酣眠的爱人。

他想起梦里的巨大孤独。

他俯下身，亲吻爱人的额头。

他继续在日记里平淡而快乐地生活着。

偶尔也会为女儿的学业头疼，听说女儿早恋，于是日记里他勃然大怒，抄着菜刀直奔那小子家楼下，被女儿和老婆千辛万苦地拦下。

偶尔也会因为公司的人事而烦躁。

老王又升职了，老李又加薪了。她总在夜里抱怨："你怎么就这么没用呢？"

他很愧疚，他很失落。

他借酒消愁愁更愁。

他喝吐了，做了一个地球炸了的梦。

他发疯似的哭喊爱人的名字。

爱人带他回家。她一边骂一边洗他的身子。她说："你到底怎么了？"

他说："我好怕你们都消失。"

她说："有你这样说情话的吗，真笨。"

不知不觉过去好多年。

飞船里的空气不多了。

他决定在生命的最后，为日记里的那些人做些事情。

他和朋友们告别。

他和老王和解。

他和老李讲和。

他带爱人和女儿去吃法式大餐，原来法式蜗牛真的是蜗牛。带女儿去她一直想去的游乐园，原来坐跳楼机自己也会惨叫。

第一次尝试着亲吻爱人的耳垂。

当月球遮蔽掉太阳最后一点光辉，光年之外的黑暗重新降临。

飞船里的灯光一点一点熄灭下去，使得他再也看不清笔下的字。

"你今天怎么怪怪的？"她问。

他笑了。

"做个好梦，晚安。好好活下去。"他说。

遗落在光年之外
二

火箭升空。

又一位宇航员被人类射向太空。

宇航员小王，在X星上独自探索了多年。

不过他并不孤单，还有一群会说话的航天器材陪着他。像什么探测器啦、主控电脑啦，经过物联网的三次革命，现在它们都操着一口流利的京片子。

有一天他收到地球的来信，是一个误打误撞，把视频信号发到X星上的女孩。

他们闲聊。

小王聊他在X星上的生活，除了土还是土，只有一堆会讲话的电器陪着他。

有时嫌烦，不理它们，它们还能表演单口相声。

女孩说她念书，也很无聊，除了书还是书。她有一个喜欢的男生，可是父亲得知，抄着菜刀就去了他家楼下。男生很有骨气，大喝一声："叔叔，我是基佬。"

日子就这样一天天过去，小王仍在 X 星上，漫无边际地探索着。这个突然闯进他生活的女孩，让他想起自己的妹妹。他无微不至地关心她的生活，因为这是在这个孤单星球上，他唯一的同类。

女孩发现自己喜欢和这个宇航员说话，他有趣，航天知识丰富，给她提供了很多轨道运算数据。虽然长得老了一点，却给她一种大哥哥的感觉。

他试探地问探测器："旺财，假设我和她在一起了，这算是异地恋吗？"

探测器说："大哥，离地球三万光年啊，'忘年交'吧你。"

02

后来有一天，他收到一个信号。

地球炸了。

我在地外。

是他一个同事发的。那人说，燃料不够，去不了 X 星，他只能漂流。

可是下一秒，女孩的视频发了过来，窗外鸟语花香。

主控电脑终于告诉他："其实地球，九年前就炸了。"

从地球到达 X 星的漫长光年，拉长了时间。

女孩其实生活在二十年前。

"我要回去救她。"小王说。

没用的，你可以去未来，但你回不到过去。等你回到地球，地球估计炸得还剩个质点在那儿。

他看着视频里欢声笑语的她，他想：可她还活着呀，就在那里。

女孩还活着，二十年的时间，使他们跨越了生死，面对面欢笑。

女孩已死，九年前的下午，随着火箭升空。他流亡他乡，她死在废墟之上。

是不是爱上一个只存在于过去里的人，就注定只能以悲剧收场？

他继续和女孩聊天，小心避开地球毁灭的问题。

他甚至觉得这样挺好，他有二十年时间，来看着这个女孩成长、恋爱、结婚、生子。也许等到最后的时刻，她会来得及对他说一声：

"宇航员叔叔，再见。"

03

女孩渐渐注意到他的悲伤。她问他，你失恋了吗？

他想，是的，我刚刚失去了我人世间唯一的爱人。

他把自己关在黑暗里。

一个声音说："其实我还有件事瞒着你。"

你有话能一次性说完吗？

X星的西边有一个黑洞。你发给她的信息，我都送去了那里，本意是销毁它们。没想到却到了二十年前的地球，被女孩接收了。我想，也许那个黑洞，连接着女孩和这个星球。

我能从那里回去？他跳起来。

我不确定。人和量子信号不一样，万一传输的过程中把你重组了，你就不怕你的胳膊长到你的脸上？

他犹豫了一下，依然决定出发。

他说："我偷生了九年，该有个偿还。走吧，萝莉控。"

主控电脑操着娃娃音勃然大怒："我是萝莉主控电脑，不是萝莉控，你才萝莉控，你全家萝莉控。"

04

他驾驶飞船，缓缓驶向了黑洞。

探测器说："听说我们要回地球见你的小女朋友，不知她家有母探测器没有。"

他说："我会带你见皮皮。"

"谁呀？"

"她家京巴。"

"去你的。"

电器们都聚在控制室，各自开了一桌斗地主，这时烤面包机已经赢第二把了。它们都憧憬着，幻想地球上的母家电。

探测器说："一群没出息的家伙，不知道二十年前家电都不说话吗？嘿嘿，我发挥主观能动性的时候，应该不算违法吧？"

主控电脑忽然说："前方检测到高能振荡，大家保护好自己的线路。"

振荡波袭来，电器们接连倒下。

他说："兄弟们、旺财，怎么样了？"

探测器说："别叫唤，都睡了……我也困了。"

探测器说："抱歉了兄弟，不能陪你回家了。"

他说："旺财，挺住。"

探测器说："再强调一次，老子是藏獒。见到京巴，叫她不要为我守寡了。"

探测器也死去了。

主控室只剩下他一人。

良久，他说："控，你还在吗？"

一个声音没好气地说："干吗？"

离终点还有多远？

早呢，刚进到黑洞外围。我预设好了程序，坚持把你送到地球。

他沉默片刻，说："我会想你的。"

"这种时候，你就别煽情啦，笨蛋。"

飞船一个巨大的颠簸，灯灭了。

再亮起来时，整个主控室都安静了。

他想：平日嫌它们吵，没想到现在还挺想它们的。

窗外的黑暗像油墨一样变换。

他依稀看见时间的倒退，在那个孤独星球上，家电们和他打屁、聊天。他们谈论星空和女孩，诗意和远方。眨眼又成一片死寂。

他打开音乐。

Hello darkness, my old friend

I've come to talk with you again

Because a vision softly creeping

Left its seeds while I was sleeping

......

05

飞船降落在地球上。

他抵达二十年前。

电线杆和蓝蓝的天。

女孩问他："大爷，您有事？"

原来穿过黑洞以后，他老了二十岁。

他看着她，她年轻依旧。

她看着他，他老泪纵横。

他对女孩说："我来这里找人，可是我好像迷了路。"

他不再说话，转身离去。

背后隐隐传来女孩的声音："今天，小王还没有给我发信息呢。"

06

城里出现了一个奇怪的大爷。骑着三轮，回收二手家电。却只是拆了它们，拿回一些零件。

小王知道，总有一天，他会修好他的朋友们，带回它们遗落在光年之外的生命。

他将会在这里等待着另一个小王的降生，告诉他怎样找到一个姑娘，告诉他，怎样拯救二十年的时光。

虽然，那已经不是他和她的故事了。

07

那天他经过窗台，看见女孩抬头望着夏夜繁星。

他发现自己还是会依稀记起年轻时的欢声笑语。

他说："还不睡吗？"

女孩说："我在等一个朋友。他说会来，可是一直没有出现。我想，他大概不会来了吧。"

他说："会来的，只是路太远。我帮你看看，你先休息。"

女孩笑着应了一声。

她说："晚安。"

那一夜很安静。

后来，大爷说，他回去的路上，真的见到了一个宇航员叔叔，他让他交给她一封信，因为赶时间，就又飞走了。

女孩打开信，那上面写着：

"妹妹，我见到你了，很可爱。你是我他乡难忘的妹妹。"

遗落在光年之外
三

01

王二不知道他为什么要叫王二。

爷爷说:"为了纪念王小波。"

主控电脑说:"别信,他就是懒得想名字。实际上,一个老王,一个小王,谁分不出来。"

王二是一个孤儿,从小被爷爷领养。

十二年来,王二没有上学,而是被逼着学一些航天知识。他的家庭文化很不好,住在垃圾场,有一台娃娃音会说话的主控电脑。还有一群热爱赌博、满口粗话的家用电器,陪着他摸爬滚打地长大。

很小的时候,爷爷就对他说:"王二,你长大以后是拯救世界的人。"

爷爷很严格,对于王二的未来,每当他提出一些别的想法,都被爷爷凶狠地驳回。王二总觉得,在这个胡闹的家庭的背后,是一个被安排好的人生。

拯救世界这种事情，很酷，但他偏不想。他只想做一个安静的矬男子，念书，上大学，结婚，生子，最后安静地死在这地球上。

而不是拯救世界，搞不好死在天马星。

他说："我想念书。"

探测器叔叔醉醺醺地说："念什么书，你不就想把个学生妹吗？叔叔现在是六角街顶扛把子，叔叔帮你找一个，你懂的。"

他说："你不懂的。"

02

王二搞了一件校服，偷偷跑去学校。

校园里种了很多树，刚下过雨，空气很好。

教室里坐满了人。

王二突然发现，在这里，原来没有他的位置。

他惆怅地准备回家受死。

一个老师突然叫住了他。她说："你不是王大爷的孙子吗？"

老师是他爷爷的朋友，人很热情，安排他去她的班，坐在她女儿边上。

他说："美女你好，我叫王二，你叫什么名字？"

女孩看了他一眼，小声说："我叫张航天。"

03

老师安排王二入学，爷爷得知，果不其然，抄着家伙就来到学校。

爷爷大声说："王二，你胆子很大啊，小小年纪，想着上学？你是不是还要好好念书，按时上下课，考进年级前几？"

老师上来劝他："王师傅，孩子想念书，也是件好事。"

王二心惊胆战地站在办公室，张航天懵懵懂懂地陪着他。

爷爷看到他身边的女孩，像是忽然认出了什么，愣住了。

奇迹发生了，爷爷同意王二去念书。

王二堕落的校园生活开始了。

他用心念书，他按时交作业，他从不迟到早退。用家用电器叔叔们的话说，好好一孩子，想不到啊，最后还是走上了歧途。

因为住得顺路，他每天和张航天妹妹一起上下学。

叔叔们都说："这小子，不要脸的精神，倒是很有他爷爷当年的风范。"

爷爷修理着飞船，重重哼了一声。

04

爷爷并没有放弃灌输那些航天知识。

他总是对王二说："有些事，你必须懂，否则你会像我当年一样遗憾。"

王二很不满："你到底要我怎样？"

爷爷说："再过四年，我送你去 X 星。穿过那里的黑洞，你会见到一个女人，她在等你。你不要担心，我改造的飞船，能够保障你的身体穿过黑洞不受影响。"

王二说："嗯，很美好，可我不要。我的人生是我的，我不需要你安排。我更不需要你来给我包办婚姻。"

爷爷打了他一巴掌。

他跑出了家门。

他去找张航天。女孩在窗台上晾衣服，应了一声，下楼陪他散步。

他向女孩讲述自己的烦恼，爷爷粗暴地控制他的未来。他们这些大人，凭什么决定他的人生？

他讲起他乱七八糟的家庭。言语粗鄙的家用电器，被称作萝莉控的主控电脑。讲起爷爷经常在夜里一言不发地望着天空。

她说："咦，我妈也是呢。"

他说："我不知道为什么，觉得这个城市里的人，好像都很忧伤。似乎我们正活在一本忧伤的日记里。"

后来，夜渐渐深，她说："我得回家了。"

他牵住她的手说："我送你回去。"

路灯昏暗，男孩和女孩走在街上。

一个大爷和一个阿姨各自惆怅地望向星空。

繁星交织，是什么在变幻时空？

是热爱，还是总也无法弥补的遗憾。

05

王二一天天长大。终于，到了爷爷口中的救赎日。

爷爷说："时间很紧，你该出发了。"

王二说："不去，没空。"

爷爷说："你再说一次。"

王二说："我和张老师的女儿谈了朋友，我要在这里等她毕业。我不想去你所谓的同一片星空，你到底是我什么人，凭什么这样肆意摆弄我的人生？"

爷爷说："我是你的亲人。"

王二说："我是领养的。"

爷爷说："我就是你。"

王二冷笑："你已经疯了。"

王二头也不回地跑了出去。爷爷没能抓住他，在墙上，倒计时指向了最后两小时。

王二来到街上，惊呆了，交通混乱，建筑倒塌，所有人都在尖叫。在地平线上，一架架火箭正在升起。

他想起这二十年来爷爷念叨的世界末日。

他在街道间狂奔，终于找到了张航天。

女孩无助地望着他："王二，我们都会死在这里吗？"

他说："不要怕，我是宇航员，我带你走。"

他拉着张航天回到了垃圾场。

爷爷骑在一辆三轮车上，车上坐满了一堆满口脏话的家用电器。

爷爷大声说："上去吧，臭小子，带着她，去 X 星。"

他说："爷爷，其实我看了主控电脑的工作日志。你个王八蛋，让自己当了自己二十年孙子，对吗？"

爷爷说："我可没做什么对不起你的事啊。"

他说："我只是想知道，是不是到了最后，我还是逃不开你的安排？"

爷爷说："命运已经开始改变了，就在你的身后。穿过黑洞，回到二十年前，和她重新开始。"

他说："那你呢。"

爷爷拉风地踏着三轮车，大声说："自己的命，自己改啦——"

爷爷怒吼着，迎着漫天焰火，朝张老师家开去了。

王二回过身。女孩问他："我们去哪儿？"

他说："走吧。过去或未来。我们能够改写这个忧伤的日记，不是吗？"

这 个 城 市
需 要 一 场 雪

01

末日过后，地球荒芜。人类登上飞船，向 X 星迁徙。

当飞船离开地表，叶小碗仰头目送着他们，飞船上的他们，是地球文明的延续，是一颗流浪在星际间的火种。

那一刻，他热泪盈眶。

他妈的，他竟然被全人类落下了。

那一年叶小碗十六岁。他完全相信，他可以在这个偌大城市里，一个人，孤独地，完美地，活到老死。可能很多年以后，会有一群操着火星口音的地球人回到这里，惊奇地指着他的骷髅说："真是感人，这人死都要死在地球上。"

必须补充一点，自从人类都搬走以后，叶小碗就清静多了。没有了熊孩子，没有了广场舞大妈，没有了小摊小贩，没有了熟食，没有了汉堡，什么都没有……what the fuck，全人类走得可真干净。

转眼间，六年过去了。这六年里，叶小碗在超市捡拾口粮度日，像一个捡垃圾的老头。可有时他又会觉得，自己其实很富有，这个星球上曾经有那么多人，现在他们都走了，留给他的是一整个文明的遗产。

现在他一个人住在老房子里，打发着十六岁以前的回忆。

犹记得他的十六岁，窗外的世界还很喧嚣。

02

那天早上，叶小碗出门捡垃圾，迎面走来了一个女生。

叶小碗说："Hi。"

女生说："哦哈哟。"

叶小碗走了两步，突然大声说："幻觉？没睡醒？我昨晚喝了多少？！"

女生很奇怪："大叔，你没病吧？"

叶小碗说："你从哪里来？"

女生说："我从天上来。"

两人一起抬头望天，蓝天白云，什么都没有。

两人沉默了一会儿。叶小碗说："美女，你是来接我的吗？"

女生说："并不是，我离家出走，来地球上静静。"

叶小碗说："静静，你的船呢？"

女生把手一指，不远处有一架摔成破烂的飞船。

叶小碗啧啧称奇，在外面飘了十年了，原来人类还是没有掌握安全降落技术。

他说："你跟我走吧。"

女生很警惕："你想干吗？"

他说："我不想啊。"

女生掏出了防狼喷雾剂。

叶小碗赶忙说："别喷别喷，我开玩笑的。我带你去找个地方住下，顺便给你弄点吃的。天上一日，地上一年，地球上现在很穷，已经没什么可以吃的了。"

她说："不要，我自己会解决。"

他说："你怎么讲不听的呢？"

她说："我要你管哦。"

他说："小妹妹，你不会是公主病吧。"

她说："叔叔，你再不走我喊人了。"

他说："你喊吧，你喊破喉咙地球上也没人。"

她说："救——命——啊——"

他说："行了行了，你别喊了，我自己走还不行吗？"

她说："哼。"

地球上唯二的两个人不欢而散。叶叔叔郁闷地走了。

03

当天夜里，城市里下起大雨。

叶小碗泡了一杯热茶，淡定地看着窗外。不出所料，下一秒，门外传来大力的敲门声。

女生站在门外，吃了一惊："大叔，怎么又是你？"

他说："对，我也很好奇，how old are me，怎么老是我？"

女生翻翻白眼："你家的电哪儿来的？"

他说："接了市政路灯的线路。还能亮个几十年吧。"

女生拖着行李箱，当夜住了进来。

女生说，她叫王露，和父母闹了矛盾，从遥远的 X 星漂流而来，其实她也没料到，会漂到地球上，她更没有想到，地球上居然还住着一个大叔，虽然长得是没有安全感了一点，但是生存本领还挺强的，像是孤岛上的鲁滨孙。

她不会在他家住多久，已经向外面发射了求救信号，可能过个几天，就会有人来接她，作为报酬，顺道把他捎上，届时，向全人类讲述一下他的漂流记，出版一本《我刚来宇宙，你们别骗我》什么的。

叶滨孙有点受伤，但还是告诉她，自己叫作叶小碗。既然都在地球上，咱们就互相照顾一点吧。

他说："家里三个房间，你睡客房，我睡次卧。至于漂流记，还是免了，地球上生活这么久了，不想走了。更何况，天上才是漂流。"

老顽固。王露哼了一声。

两人共同住在老屋里，各自相安无事。叶小碗依旧每天出门找食，只不过饭点得准时回来，否则那位瘟神很可能把他家桌子吃了。王露则很少出门，偶尔出去，也是去外面倒一下生活垃圾。

有时夕阳西下，叶小碗提着大包小包，走在回家的路上，远远就能看见她，她拎着垃圾桶，趿着凉拖，站在那里，喊了一声："喂，你回来啦。"这样一来，意境还是蛮美的，然而下一刻，画风发生了突变，她说，"叶叔叔，我把钥匙忘在家里了。"

时间久了，叶小碗产生了一种错觉。其实他不是她叔叔，他是她老爹。女儿宅在家里，他出门上班，辛勤工作，独自抚养女儿。而且这个女儿还相当叛逆，不做家务，挑食，讲究，嫌弃他又老又臭，两代人之间代沟要多深有多深。

时间一天天过去，快要一个月了，天上还是没有人下来。叶小碗问她，是不是全人类把你也忘记了？

她说，他们忘不掉的，再等等吧。说完这话，她也有些慌张地望了望天上的星星。

04

六年前，你是怎么被全人类落下的？王露问他。

那天睡过头，没赶上登机。

真有你的。

为了打发时间，叶小碗和王露经常闲聊，两人聊天上，聊地下。没有一件事能聊到同一个频道上。

王露说，天上变了很多，以前忙着经济建设，现在娱乐时代了。人们搭建出虚拟世界，很真实，让人感觉自己还在地球上。不过自己心脏不好，所以玩得不多。

叶小碗说："收费的吗？"

"收。"

叶小碗心旷神怡："我这些年还挺赚的。"

王露白了他一眼："你就这样自我欺骗吧。"

两人基本聊不到一起。问题是，地球上就他们两个人，不找对方，就只能自己逗自己玩了。有意思吗？

一天傍晚，叶小碗拾荒归来。王露问他："主卧明明没人睡，为什么还铺着床？"

那个房间，是叶小碗父母的房间，被王露弄得一团糟。

叶小碗向她发火。

她捆了他一巴掌，摔门跑了出去。

叶小碗捂着脸，有些发蒙，他这究竟是被女儿打了一巴掌，还是被女朋友打了一巴掌？

05

天上下起了大雨。

叶小碗撑着伞，在一家超市门口找到了王露。她正蜷缩在角落里，瑟瑟发抖。

叶小碗说："公主，还活着吗？"

她回过头："你走开，不要你管。"

他叹口气，捡起一块砖，砸开玻璃门："进去吧，避避雨。"

真是幸运，超市里有备用电源，灯光闪了两下，亮了起来。

王露坐在窗边，披着毛毯，捧着热茶，望着外面的雨发呆。

叶小碗推着购物车走过来，扔给她一袋面包。

她看了看包装："快过期了。"

叶小碗捂着腮帮子说："大小姐，那你还是趁现在吃吧。"

她低下头："谢谢了。"

两人坐在一起，喝着热茶。

王露说："对不起，我真不知道那是你父母的房间。"

叶小碗摆摆手："算了。"

王露说："老房子对你很重要，对吗？"

"住了那么久，有感情了。何况，那是我的家。"

王露看着窗外的雨，说："可是这个城市这么空。"

"也不是啊。以前有回忆，现在有我和你。"

王露回过头，脸上不知是雨水还是泪水。

她说："小碗，你知道吗，我可能真的回不去了。"

叶小碗看着她，却不知该怎样安抚这个流离失所的女孩。

他摸着手里的杯子，说："在我家先住着吧，该来的都会来的。"

他说："我养你。"

06

时间如流水。

夏去秋来。

王露在叶小碗家里住了很长一段时间。叶小碗带她去拾荒，她带着叶小碗在街上闲逛。

他们经常在傍晚的时候，爬上最高的建筑，坐在水塔上，眺望城外的荒漠。捡垃圾的小男孩给她讲他的十六岁，离家出走的小女孩给他讲她的云上生活。远处的夕阳，倒挂在地平线上。

他们都不知道什么时候这里也会荒芜。但两人生活在这个城市，就像生活在自己的王国里。

07

那天叶小碗在鼓楼区捡垃圾。

又一架飞行器掉了下来。

从里面爬出来几个穿制服的男人。

他们问他："大叔，你有没有见过一个女人？长这样的。"

他们打开微型显示器，上面出现王露的脸。

叶小碗说："你们是？"

他们说："追拿她的。你是？"

叶小碗说："没见过啊。我是叶小碗，我和我的女人叶大碗在这里已经生活很多年了。"

他们说："好的，打搅了。"

男人们跟着探测器远去了。

叶小碗狂奔回家。

他说："露露露露。有人来追拿你。你被通缉了吗？"

他推开门，就看见那些穿制服的男人都在他的家里，和王露交谈着。

王露回过头，脸上全是笑意。她说："小碗，这些人是来接我的，我可以回家了。"

王露要叶小碗和她一起走。

叶小碗拒绝了。他说："你自己走吧，我没空。你走了，我也终于用不着养你了。"

王露说："叶小碗，知道吗？你就是个粗鄙的流浪汉。"

他说："再见，我高贵的少女。"

08

王露坐上巨大的飞船走了。

叶小碗和男人们一起目送着飞船。

他说："哎，不对，你们怎么也没走？"

他们说："你和我们走。"

他说："不走行不行，我好歹是这里的国王，给哥们儿留点面子。"

他们说："你没睡醒吗？"

叶小碗这才醒悟，这个城市从来都不属于他。男人们告诉他，这里将作为一个历史博物馆，供人参观。至于他的房子，由于很有纪念意义，将会被改造成重点景观。

他说："不许动它，那是我的家。"

他们说："什么你的家，都是公家的。"

他说："王露呢？"

他们说："她你就不用担心了，王二的女儿，远航财团的大小姐。只不过在你这里留下了一些糟糕的回忆，我们会用最好的科技，让她忘掉这里。"

像叶小碗这种铁骨铮铮的硬汉，这关键时刻，怎么可能不反抗。

他抓狂，他暴走。他要打十个，他被十个打。

好吧，你们赢了。

09

叶小碗被强行塞进飞行器。即将起飞的时候，却突然收到通知，他可以回去了。

叶小碗莫名其妙地回到了空城。和他们说的一样，这里真的变成了博物馆。叶小碗成了博物馆里的工作人员，负责清理博物馆的垃圾。

每天都有很多人来到这里，他们啧啧称奇："原来咱们以前这么复古。嘿，捡垃圾的那个机器人够逼真，就是脸做得次了点儿。"

一个小女孩问她的妈妈："妈妈，那个老房子是做什么用的。"

"那里呀，那是地球上最后两个人类住的地方。据说是一男一女，是不是很像伊甸园？"

"他们现在去了哪里呢？"

"一起回天上了吧，从此他们幸福快乐地生活在了一起。"

叶小碗拖着垃圾袋，在他们的身后久久地伫立。

叶小碗在老房子的周围，给自己搭了一个屋。很久以后他才知道，他本应该被驱逐，可是王露同意清洗记忆的唯一条件，是让他留在那座城市里。

"还有什么想说的吗？"走上手术台前，他们问她。

"我到家了，也让小碗回家吧。"她这样说。

用的什么药啊，这么有效，忘情水吗？

就是不知道贵不贵，搞得他也想来一些了。

叶小碗原本以为，王露让他回到空城，是要他在家里等她。可能等到时机成熟，她还会回来。可能时机永远不会成熟了，那就至少回来看一眼再走嘛。两个人，这么深的交情了。

叶小碗知道，天地相隔，他和王露，真的再也不会相见了。

10

有一天夜里，城市里下起了暴雨。

他偷偷进了老房子，推开她的房间，坐在床上，愣愣地发呆。

这个房间里还保留着她离开时的布置。他没有想到，当初她那样粗暴地对待这里，如今却变成回忆里的一部分。他该说不可思议吗？毕竟就连这份回忆，现在也只属于他一个人。

有许多厌倦了天上繁华的人，选择回到地球，来到这个城市生活。

这个城市变得越来越热闹。

叶小碗好像越来越难找到回家的路了。

11

不知不觉，到了冬天。

那一天傍晚，叶小碗穿着棉袄，提着一袋吃的，走在回博物馆的路上。

他忽然想起，在上一个夏天，他也是这样走在路上。一个女孩在家里等他。她喊他大叔，她总是忘带钥匙。她对他说："喂，你回来啦。"

他忽然觉得胸口很闷，停在一盏路灯下面，大口大口地喘气。

一个衣着光鲜的女孩匆匆走来，她问他："你没事吧？"

他说："没事。"

"我们以前是不是在哪儿见过？"

叶小碗抬起头，看了她一眼："没有吧，我这人比较面善。"

她冲他笑笑，说："打搅了。"

一群人急急忙忙地跑了上来："快点，大小姐别跟丢了，参观完还要找地方住下。"

他站在原地，看着他们乱哄哄地走远。

"喂，"他喊了一声，"美女。"

"怎么了？"女孩奇怪地回过头。

"要下雪了，记得打伞。"

"好的，谢谢大叔。"她顿了顿，说，"大叔，你真的很面熟。"

他摸了摸鼻子："是吗？"

他回过头，天色不早了，他该回家了。远处天色渐黑，白云连成一块。

大片大片的雪花落了下来。他走在路上，仰起了头。

二十二年，他一直是一座荒芜的城。

二十二年，他的爱人正化作冰雪，纷飞而至。

神不会
开门

01

高考形势一年比一年险峻了。

新世纪过后，人类在地球上克隆出我们，搬迁去了月球。像我们这些克隆人，日后的去处无非两种：高考考得好的，在太空打工；没考上的，送去做人体解剖，为科学事业献身。日后开同学会，送快递的坐一桌，送外卖的坐一桌，心肝脾肺坐一桌。

我自小成绩不好，但凡考试，都是吃鸭蛋。那段时间，高考临近，老师们都来劝我："抓紧时间，你还是吃顿好的吧。"

我的同桌小雨非常气愤，她说："浑蛋，你们凭什么瞧不起人？鸭蛋，我们走。"

鸭蛋就是我的外号。我法号鸭蛋居士，日本名叫鸭蛋三郎，英文名叫 Mr. 蛋。作为一个有外号的男同学，我最近压力很大。

有一天，我和小雨一起复习，她忧心忡忡地叹了口气，说："你也多用点心吧。如果下次见面，见到的是一堆你的器官，我想我会哭。"

我想象了一下，自己变成一地人体器官的画面，不用说她了，我自己也很想哭。

她说："可是我相信你，你一定会成功地成为一个送快递的。"

我说："谢谢你，你的鸡汤深深鼓舞了我。"

小雨给我安排了考前特训。起初她认为是我懒，是我贱，每次见我走神，就怒吼一声："你还想不想娶我！"我虎躯一震，丢下手里的漫画，奋力冲向考题。

她夸奖我："鸭蛋，真乖，握手，蹲下。"

我说："你养狗呢？"

她说："谁说的？来，去把这道题解了回来。"

她扔出一份考卷，我汪汪汪冲了过去。

可后来我们几乎同时发现，和我懒不懒没有关系，是基因的问题。简单来说，就是我蠢。

我很沮丧。她安慰我，别灰心，要怪基因，可能你的本体，在月球上也经常考零分吧。

我说："想必月球上那位，也是个老光棍。"

她说："你还想不想娶我了？"

我说："想啊。"

她说："那就想办法，让自己活下去。"

02

我和小雨的性质属于早恋。

老师倒是懒得管我们，大家只是诧异，我这样一个穷人，是怎样泡上一名大户人家小姐的。虽说都是克隆人，可是小雨住在豪宅里，平时还有仆人照顾。小雨说，她也不是很清楚了，可能她的本体，是个有钱有势的女人吧。

我换算了一下，我住在出租屋里，成天吃泡面，大概我的本体也是个 loser。估计就连我，都是社会福利保障分给他的。万万想不到，老子是个社保。

那年的夏天很炎热，蝉鸣声中，高考放了榜。

我像个二百五一样，手舞足蹈地跑去找小雨。我说："考上了，特训有效果，考上了。"

她说："你被分配到哪里？"

我说："人马星。"

她说："我在半岛。"

"半岛？没有听过呢。"

她摇摇头，说："很远就是了，以后，我们就是异地恋了。"

我拍了拍她的脑袋，我说："小雨同志，不要沮丧，异地恋也是能幸福的嘛。"我搂着她的肩膀，跟她合影留念，那时我太年轻，对未知充满了好奇，我没能看清，她笑容下的阴影，都隐藏着什么。

03

蝉鸣声中，我们坐上火箭，被射向了外太空。

我在人马星送快递，每天传递着星际间的包裹。

有时我会给小雨打电话，分享彼此的见闻。异地恋嘛，连你在电话里的呼吸，都觉得是一个故事。我给她讲，我去了各个星球，见到形形色色的人，他们每个人好像都很忙，我在星际里飞来飞去，反倒觉得悠然自得。

她说，夏天过完，她就去了半岛基地，那里的人都很好，吃穿住行都很精致，原来不是我们以前想象的那样，跟个屠宰场似的。

她说，再过三个月，就是她的器官回收工程了。

记忆回到那一个夏天，学校给我们开了毕业酒。大家见到我，都对我说："阿蛋，祖坟蹦青烟，给你考上了。"

我摆摆手，谦虚地说："没什么，出去打工而已啦。"

他们说："不不不，阿蛋，你出息了。"

我们交换了名片，以后想见面，就都是超光速了。我喝醉了酒，醉醺醺地问他们："半岛，在哪个星系？"

他们说："半岛，不就在镇上吗？最大的那个克隆人器官回收工厂。"

我冲进小雨的家，偌大的房子里，空空荡荡的，已经没有了家具，仆人都离开了，只剩下这位大小姐一个人，坐在窗户旁，安静地望着窗外。

我说："他们都告诉我了，你又没考上。"

她说："注意情绪，特训时怎么教你的？"

我说："现在我心如死水，跟被淹了似的。"

我走过去，在她身边坐下。

我说："怎么搞的，发挥失常？"

她说："不是，我的主体病危，我被选中了。"

我说："小雨，我代替你去吧。"

她说："别闹，性别都不一样呀。你要负责人怎么跟我本体说？——哦，恭喜你，你的克隆体在我们精心培育下，终于出现了男性特征。Surprise？"

她说："他们对我们一直很好，你忘了吗？如果没有他们，就没有我们。"

她说完这话，我们就都沉默了，两个人低着脑袋，看着窗帘的影子。我想起自己曾经在一本书上看到过，神在造人的时候，造的不是血肉，而是人们的命运。人若祈祷，神不会开门。

是神造下了他们，而他们又造下了我们。

那个下午我们沉默了好一会儿，后来，她对我说："做些有意思的事吧。"她拿出一个铃铛，让我吻了吻它，她说，"以后要是想你，就摇一摇它，等于你吻了我一下。"我说："小雨，不得不说，你越来越像在养宠物了。"

我说："我的铃铛呢？"

她抱住我的脸，亲了亲我。

她说："我的吻只有一个，我要你永远记住我。"

04

她的回收工程在三个月后，届时，将被送进巨大的机器里，精密的激光刀，一点点分割开她的器官。

据说她的本体还动用了关系，把她评为了感动地球的圣女。

我对同事们说："我的女朋友就要被分尸了——哦不对，我女朋友可是今年的圣女呢。"

他们发出惊叹："哇，你可真能吹啊，你一个死送快递的，怎么不说你是圣子呢？哈哈哈哈。"大家笑着走开了，我也哈哈笑着，而后走到一个没人的地方，蹲了下来，点了一根烟。小的时候，经常疑惑自己是谁，现在我想，如果我们什么都不是，那该有多好。

我问小雨："非去不可吗？"

她说："你以后会明白。"

她说："过程是无痛的。"

我说我知道，念书的时候，老师给我们普及过了。时代在发展，科技在进步，手术是微创的，被送进机器里面，再推出来，就像睡着了一样。

可是我痛啊，妈的。

05

我有时会设想，假如我是个英雄，我就应该开着我的快递飞船，冲进地球，在他们把小雨送上绞刑架之前，把她救下来。哪个不要命的敢上来，我就扔包裹砸死他。然后我们两个冲出银河系，给这个世界留下一个潇洒的背影。

可我终究不是英雄，那也不是绞刑架。

我依旧送着我的快递，她时不时给我传来在地球上的消息。

她买了新衣服。

吃了大餐。

很多人来看她。他们说："恭喜，检疫合格了。"

他们还夸她："你是好样的，要加油。"

她化了妆。

走上了手术台。

后来有一天，我的老板突然打电话给我。

他说："鸭蛋桑，你好啊。"

我说："我考零分这事都传遍全宇宙了是吗？"

他说："你是我们中最优秀的快递员，现在，有一个大活要交给你，帮远航财团送一个东西。"

我说："什么？"

他说："圣女。"

06

人生好无常啊。

时隔两年，忠犬鸭蛋公和大小姐又见面了。我也是直到今天才知道，其实她真的是名副其实的大小姐。她是远航财团王二的女儿的克隆体。

我打开舱门，里面放着一个冰棺，小雨安静地躺在里面。

她的身体完好无损，可是我知道，她体内的器官，都已经被分割了。我突然间想，她会不会仍活着，只有等到解冻的时候，才会死去？

我说："开心吗？再过不久，就可以回归本体了。"

她没有说话，那就当她心情不好吧。也对，说搬家就搬家，还是那么陌生的地方，换谁都会有点不开心。

我摇了摇她留下的铃铛。是她告诉我的，摇铃一次，就等于我吻了她一下。我记得在那个很遥远的年代，一些赶尸人，就是这样摇着铃铛，背着遗体，缓慢地行走在山野之间。前不久，做了一个梦，就梦见我是一个乡下农夫，妻子死了，我背着妻子的棺木，去山上葬她，后来我停下了脚步，开始喊山。

原来翻山越岭，即便穿越了星空，哭喊也是没用。

时间一天天过去，我的飞船到达了月球的边境线。

有飞船上来接我，对方在那头喊："你小子挺准时的嘛，对，泊到甲板上，把船头对接……别往那儿走，偏了……喂，方向错了……天寿啦，这家伙闯边境线啦！"

我加大了油门，飞船瞬间加速，狠狠朝边境线外飞了过去。一些巡警上来拦截，我的飞船上载着圣女，他们不敢开枪，几次包围，都被我闪了过去。

不知飞行了多久，已经离边境很远了。

没能甩掉那些条子。

他们说："投降吧，你小子跑不掉的。"

我驾着飞船，往他们身上撞了过去，巡警们仓皇地闪开。

突然有人说："快看，那是什么？"

在我们的身后，不知道什么时候，缓缓出现了一艘巨大的海盗船。

两个海盗伫立在船头。

"老大，那人正和条子干呢。"其中一个海盗说。

"这家伙干这么狠，背后一定有一个故事。"老大说。

只见那个破烂的快递船，在包围圈中愤怒地左突又闪，几次又被堵了回来，快递船上，突然响起了一声绝望的嘶吼。

"那一定是一个很伤心的故事吧。"老大泪流满面，喃喃自语。

另一个海盗说："其实我也搞不清楚，为什么这年头，就连犯罪分子都这么多愁善感。不管怎么说啦，今天他们给我们碰上了，人生是很无常的啊，所以……"

"打劫啦。"海盗船上摇旗呐喊，撞进了包围圈。

一瞬间，火力交织，炮弹横飞，混战之中，我被流弹击中了燃料库，连环的爆炸，让飞船失去了控制，摇摇摆摆地往一个方向撞了过去。那个地方，我记得是 X 星附近的黑洞。

我冲进舱内，死死地抱着冰棺。

07

我醒来，身在黑洞的中心。

人生好无常啊。说好的要炸死我呢？

以前常听人们说，黑洞里面，什么都没有。事实上，这里有一座城市。

一座奇怪的城市。

没有季节，没有人影。只有蝉鸣、榕树。树荫底下，有卖雪糕的报亭。

后来我意识到，这些都是我记忆里美好的部分，是黑洞重组了我过去的时空，建造了这个城市。在一些角落里，我甚至看见了小雨的记忆，这让我越发确定，她仍活着。

我最终放弃了寻找出去的办法，安置了小雨的冰棺，在那里定居了下来。睡美人不能醒来，总得要有一个王子在这里陪着她吧。

我在城内找到了一台克隆的机器，用它，我克隆了自己。我知道，终有一天，我会在这里老去，而另一个我醒来。我将把手里的铃铛转交给他，转交给他，那个关于王子吻醒公主的故事。

08

后来，许多许多年的时间过去了。

探索地外的人类来到黑洞里，飞船降落在黑洞的中心。

一个声音说："这是人类的一小步，更是人类的一大步。"

"托马斯，为什么我们每次登陆，你都要念这个台词？"

"是咒语啦，让祖师爷阿姆斯特朗在天之灵保佑我们。"

两名宇航员走下飞船，发出了一声字正腔圆的骂人声。

一座城市，和无数个克隆仪。是谁建造的他们？

他们走到城市的深处，看到了一个老人，守着一个冰棺。

"老人家，你怎么会在这里？"

"我？我的爱人睡着了，我在等她醒来。"那个老人说。

"您一定等了很长时间吧。"

是啊，老人摸了摸脸上的皱纹，说："已经很多年了。"

"我们可以带你出去。"

"不用了，让我安静地等完最后一程吧。"

两名宇航员采集完样本，道了谢，就离开了。

那天不知怎的，我突然感觉自己很困，年纪大了，不会是肾虚吧？我摇了摇铃铛，在她的身边坐了下来。

那天的夕阳很久都没有落下，所以我也在那儿坐了很久很久，我想，要是小雨还能醒着，这应该就是一个很完美的结局了吧。她就可以摸摸我的头，告诉我："鸭蛋呀鸭蛋，虽然你变得又老又难看，可是现在，你可以来娶我了。"

再后来，从很远的地方起了风。风吹草伏。

我伏在棺上，就这样睡着了。不小心做了一个梦，梦见回到了以前——

十二岁，成绩不好，和小雨做了同桌。"鸭蛋你好！"她笑嘻嘻说。难听得想死的外号，在这死丫头嘴里辉煌诞生了。

十三岁，在走廊上奔跑，背后是紧追不舍的小雨。"弄不懂这道题，你今天别想回家。"她拖着我的衣领往回走。

十四岁，蓝天白云，教室里小雨忧心忡忡，说看见我，就像看见一位被肢解的成年男性。她说没有办法啦，当我可怜你吧。日头落下来，余晖遮人眼，亲了亲我的脸。

十六岁窗外下着雨。

"为什么要帮我？"

"可怜你喽。"

"真的是可怜我？"

"那你要我说什么，说我喜欢你吗？"

"哦……"

"是喜欢啦，死鸭蛋。"

十八岁不是终点，我们一夜间长大了，为什么？时间停留在十八岁多好。可惜我们仍然要长大，你说鸭蛋，你要活下去。我在天外流离失所，你在家园支离破碎。你说鸭蛋，你以后会明白。是的，你说得对，我都明白了。很奇怪啊，当初送你去月球，我为什么要突然逃走。我查过了那年成绩，你考得很好。没考上的，是一个外号叫死鸭蛋的家伙。

我在时间里走呀走，我有多可悲。好多话想对你讲，你却听不见。我明明命如纸贱，又是你让我生如纸花。

我光着脚，披着发，在时间里走呀走。喊过的山一重又一重，带回的风一阵又一阵。

09

我再次醒来的时候，已经是另一个少年。

在那个黑洞里，我不断地睡去，又不断地醒来，少年，中年，老年，少年……在她身边不停地轮回着。几千年，又或者是几万年吧，我早就忘记了时间。

一声巨响，大爆炸发生了。宇宙收缩，回归起点。再一次的爆炸，像是世界被翻了一个面，星球变成黑洞，黑洞变为了星球。

我的城市毁灭，又有另一个城市拔地而起。

终于有一天，宇宙安静了。

我睁开眼睛，推开一扇玻璃门，门口站着一个老头。眼睑低垂，满头白发，牙都快掉光了。

我说："大爷，您和家人走丢了吗？"

他敲了敲我的脑袋，他告诉我，他是我的上一个本体，只不过，时间飞逝，他也老了。

原来我老了以后这么矬哦，想死的心情都有了。

他说着我听不懂的话，说什么到了今天，基因链条的重组，实验终于成功。他交给我一个铃铛，让我去山的那头，他似乎还有很多事情想要交代，只可惜，没来得及告诉我，就死了。

我好奇地摇着手里的铃铛，行走在草地上。

我来到了山上，看见了一副冰棺。

一个女人坐在棺上。

她喊了我一声："你的铃铛，我感觉好耳熟。"

我说："是吗，一个老大爷送给我的，让我时不时就摇摇。"

她说："你叫什么名字？"

我说："我叫鸭蛋。"

她支着脑袋，茫然地望着我，而后笑了，朝我伸出手。

我拉起她，脚步有些不稳，两个人压在一起，滚出去好远。

我和她，两个人一起笑了。

她说："喜欢，亚当。"

树木亭亭，河流潺潺，草原之上，奔跑着一些年轻的动物。这里的一切一切，都像是刚刚降生一样。

安静。

Chapter 03

孤独的城市

小兔，你是个多么悲观的女孩呀。可你和我在一起，却无时无刻不带给我快乐。是我改造了你吗？我想，不是的，是你改造了我。

我 还 留 着 你 曾 给
我 写 的 书 信

01

在很久很久以前，有一只大灰狼在大城市里讨生活。

大灰狼在一家没什么创意的广告公司里做创意，平时负责文案啦、策划啦。客户们大多没什么见识，做出来的平面只要能挂在墙上，不会被居委会大妈撕下来，归到老中医的广告那一类去，就很满意，就会夸他们的公司："啊，你们可真有创意。"

闲暇时他在博客上写文章，像什么《狼的诱惑》《食饵传》……乱七八糟的。后来一只兔子成了他的读者，兔子给他寄来一封信。

兔子说，她很喜欢大灰狼写的东西，可能是大灰狼每次都写得太长，所以大家都没什么耐心看完。但她是只兔子嘛，躲在家里的时候，就喜欢找长的文章来打发时间。她最喜欢那篇《食饵传》，里面葡萄干和肉脯干的爱情深深地打动了她。

信的最后她说，不知道你会不会给我回信，我想了想，发现好像也没什么可以回复的，就给你寄了根胡萝卜。你回信告诉我胡萝卜好不好吃啦。好吃还给你寄，不好吃没关系，我再想点别的东西。

大灰狼回复："小兔子，你是来找碴的吗？我是狼。"

"那你一般是吃什么的？"

"吃你。"

兔子臊红了脸，回信说："不许耍流氓。"

02

大灰狼曾经吃过小鸡妹妹，吃过小鸭妹妹。

有个妹妹在被大灰狼吃掉前，对他说："我以前以为，被吃掉，是宿命，是幸福。可你不是一个好人，这就是不幸的根源。可后来我发现又不是，我心甘情愿被你吃掉，这才是不幸的根源。"

大灰狼想这些妹妹怎么都神神道道的。大灰狼不是好人，这点毋庸置疑。

在大灰狼还是中灰狼的时候，有一年春天，他的妈妈旁敲侧击地问他："叶小灰呀，你也老大不小了吧？"

叶小灰高兴死了，他眨巴着眼睛说："妈妈，你要给我说媳妇了？"

"不，我的意思是，你不能再待在家里啃老了。"

叶小灰很老实："妈，我真的还想再啃五百年。"

大灰狼母亲头痛地摇了摇头，说："你给我滚出去，现在滚，立刻就滚。"

于是中灰狼滚了出来，来到城市里。为了谋生，他做过话务员，做过街头的人偶，做过大堂经理。渐渐渐渐，当上艺术总监。渐渐渐渐，接触了很多妹妹，为了让她们死心塌地地爱上他，那时他就会变成死不要脸的和臭不要脸的。但他是狼嘛，狼之初，性本贱，他也没办法。他很有分寸的，咬她们一口，就会赶她们走，让她们赶紧去找个好男人嫁了。她们走的时候哭哭啼啼，骂他是坏人，是感情骗子，是个挨千刀的王八蛋。

这个城市里还有很多比他更坏的动物，像他的顶头上司老虎，合作方的豹子。他觉得自己坏到这个程度就够了，贱贱的，带点小聪明。一个人对变坏太有追求，本身就不是一件有追求的事。追求这种东西，还是用来追求下一个妹妹好了。

03

对大灰狼来说，这只兔子无疑是自己送上门来，他连株都不用守了。

我的天，世上还有这种好事。

大灰狼没有回复小兔胡萝卜的味道好不好，他给小兔寄了两块蛋糕。

他给小兔讲解文学史。

他给她讲胡兰成和张爱玲的爱情，讲胡在给张爱玲的婚帖上写"岁月静好，现世安稳"，讲胡的其人可废，其文不可废。讲胡、张分别，张爱玲给他寄去三十二万。讲这笔钱，胡拿去爱别人。

小兔发现自己爱上了大灰狼。

她对大灰狼说："我要去你的城市找你。"

大灰狼感觉像是在做梦，这女孩还可以再好骗一点吗？

他对她说："来吧来吧，来了我养你。"

04

小兔来了。

带来了很多钱。

大灰狼被包养了。

大灰狼伤自尊了。

不过这样也不赖了，伤就伤吧。他长这样的，居然有女孩肯养着，简直是他们家族史上的奇迹。他妈要是知道了，估计也会以为是在做梦。

小兔家里非常有钱。小兔说，她住在一个更大的城市里，她爸做外贸的，平时管她很严，这次来，是私奔来的。

大灰狼很严肃地教育她："小兔，人活在这个世界上，最重要的就是家庭。当年我出来闯荡社会的时候，就是我妈拉着门框，号啕大哭，死活不让我走。现在每当我回想起这一幕，都不禁老泪纵横。我爱我的妈妈，所以也希望你能爱你的爸爸。你找个时间，回去和你爸沟通沟通。"

"沟通什么呀？"

"沟通我把你明媒正娶了呀。"

小兔说："你坏。"

说完你坏，小兔又低下头，说："你真好。"

大灰狼有点晕："我到底是好还是坏啊？"

小兔说："你不懂的。"

大灰狼在这个社会上浪荡地混了这么多年，这还是第一个女孩对他说出了他不懂的事情。他打量着眼前的女孩，他想：不管怎么说吧，被人夸好的感觉，还不算太坏。

小兔告诉大灰狼，她梦想当一个画家。她把她的绘本给他看，里面有男孩、女孩、星星和小船。

大灰狼敷衍地说："还不错，再放个我进去就完美了。"

小兔也说："把我们放进去，就完整了。"

他们在一起生活了三个月。大灰狼做饭，大灰狼赚钱，大灰狼拖地洗碗洗衣服种草养花。小兔是个没什么生活经验的女孩，但她经常带着大灰狼去高档餐厅，去高级酒店的高层，一起俯瞰这个城市的细雨流光。

浪漫是够浪漫了，这样挥霍了三个月，小兔带来的钱花得分文不剩。

小兔说："我得回去了，回家拿钱，回去找我爸，等我说服他，你就来娶我好不好？"

大灰狼说："好的好的，我等你。"

小兔坐飞机走了。

仰望着天空，大灰狼想，没说服更好。三个月，他也有点腻了。

05

大灰狼继续在大城市里讨生活。

他渐渐注意到一个很严肃的问题：对于那些小猫小蛇妹妹们，他好像暂时失去了兴趣。面对着她们，他总感觉少了点什么。

少了点什么呢？

后来他收到一封信，信里有一根胡萝卜。信上说：

她回到家，爸爸大发雷霆，软禁了她，不肯让她再去找他。

她寻死觅活。

她以泪洗面。

她悬梁自尽。

然后她就死掉了（假的）。

爸爸终于同意，让她和大灰狼在一起。但爸爸有个要求，小兔必须证明有养活自己的能力，否则就要送去澳大利亚念书。

爸爸说："一个女孩只有经济独立，才能在感情里自保。"

爸爸说："你不是梦想当画家吗？给你们一年时间，出一本画册吧。"

春日的早晨，到处都湿漉漉的，门外传来小兔的敲门声。咚咚咚咚，大灰狼穿着裤衩，一路打着喷嚏出来开门，一路打着喷嚏跑回被窝里。

小兔拖着行李箱，大声地说："喂，我回来啦。"

大灰狼说："我快要死掉了。"

小兔说："你怎么了？"

大灰狼说："上周和豹子他们去练拳击，回来就病倒了，估计是重感导致的肺炎。"

大灰狼在床上躺了整整一个星期。小兔决定好好照顾他，她给他炖汤，大灰狼吃出来一块抹布。她去买药，买回来一大袋治疟疾的非处方药。大灰狼绝望了，他对她说："你去楼下买瓶抗生素吧，我挂个点滴也就凑合了。"后来大灰狼崩溃了，小兔不知从哪家医院扛回来一个吊瓶支架，尺寸巨大，怎么也弄不进公寓里。

他说："抗生素买了吗？你没忘记吧？"

小兔站在门口，急得涨红脸，连忙举起手里的塑料袋，说："买了的。"

他说："把支架倒着进来。"

她说："不行，头上那些杆杆太长了。"

大灰狼渐渐地昏睡过去，感觉自己像是变成了一朵云，一点一点升上天空，随后一片片散开。后来他醒过来，已经是黄昏。

他转过头，小兔高高举着吊瓶，站在他的床边。她的身后是一扇窗，落日在那里坠落。她的肩膀一半在余晖里，一半陷入黑暗中。

她说："你醒了，好点了吗？"

他说："你举多久了？"

她看了看瓶子，说："就这一瓶，快举完了。"

他说："小兔，放下它吧，你把我治好了。"

06

大灰狼依旧在城市里讨生活。和以前不同的是，现在他要养一只兔子。

小兔的爸爸没有给小兔多少钱。小兔就在网上画漫画，接小广告，零零碎碎也能赚一些钱。

周末他们就待在家，小兔教他鼠绘，大灰狼教她写文章。大灰狼第一次接触 sai 这种东西，抖抖索索一上午，画出来一坨冒着热气的便便。

小兔批评他："恶趣味。"

小兔决定写一篇催人泪下的爱情故事，可她摇摇晃晃，才写了两页纸，男女主角就集体死光了。她拿给大灰狼看，满心欢喜地问他："好看吗？"大灰狼说："嗯，别的不讲，这个节奏还是挺有趣的。"她拿回故事，失落地说："别人都死掉了，你不哭就算了，还觉得有趣。你也太残忍了。"

大灰狼有点蛋疼。

他们在这个城市里生活了很久，好像他们还要在里面继续生活很久很久。可是后来冬天来了，大灰狼这才意识到——原来这只是一年，而这一年，也马上要结束了。

那一年冬天下了很大一场雪。

他们都蜷缩在公寓里。

大灰狼敲打键盘，写一些小说。小兔窝在床上，看他以前写的那些故事。小兔看着看着，就捂着嘴笑了起来。她说："我要是早点认识你就好了。"

她说："大灰狼，你知道吗？我知道你的一个秘密。"

他说："什么啊？"

她说："在你的心里面，住着一只小狗狗。"

窗外大雪纷飞。

07

小兔那本耗时一年的绘本终于画好了。他们都很高兴，大灰狼看过了绘本，从他的经验来看，虽然小众了一点，但不是没有市场。保不齐有哪家出版社一冲动就给出了呢！他心里这样想。

他们找了很多家出版社，也找了一些图书公司。事实证明，三条腿的蛤蟆好找，瞎了眼睛的出版社不好找。日子一天天过去，始终没人肯接受他们的选题。

小兔的爸爸发来最后通牒。爸爸说，你可以不回来，跟着他在那里过一辈子。可你爸爸已经老了，如果你真的那样做，你会把爸爸给气死。

小兔很难过，她抹着眼泪问大灰狼："原来完整也是一种奢求吗？我从未梦想过完美，只是想要完整罢了。你在，爸爸在，大家都在。"

大灰狼安抚她："我认识一头豹子，做图书的。我去找他，他卖我这个面子。"

小兔把头埋到大灰狼怀里，说："你一定要成功。"

抬起头她又说："如果真的不行，也没有关系。"

大灰狼说："你到底是想我成功还是想我不成功呀？"

小兔说："你不懂的。"

大灰狼带着打印好的绘本去找豹子。那头豹子是个富二代，图书公司也不过是他家的产业之一。

豹子问他："你也是做艺术的，你觉得，这个绘本卖得出去吗？"

大灰狼说："的确没什么市场。"

豹子说："所以你是在拿我逗闷子吗？"

大灰狼说："你先听我讲讲这本书的主题和立意。"

豹子说："大哥，你还是别讲了。我做的是生意，不是立意。做一本没市场的书，等于是让我赔钱，你想，我会平白无故，欢天喜地送给一个路人几万块吗？"

大灰狼恨得牙痒痒，他想，上次和你拳击，打断你鼻梁骨算轻的，早知道打断你肋骨好了。但他同时也清楚地知道，豹子说得没错，换他是豹子，他一样不会同意这桩生意。

大灰狼转身要走，豹子却叫住了他。他说："我们来做个交易吧。我办了一个拳击俱乐部，上次你打赢了我，现在你和我的选手打一场。如果你赢，我全程包掉这本书。如果你输，我没任何要求，你不会输掉什么。"

08

大灰狼站在 4.9 米 × 4.9 米的拳击台上。

聚光灯悬挂在他们的头顶。

对面那只猴子身材瘦小，是个速度型的选手。在速度上大灰狼一直很有自信，他有信心在三局之内放倒他。

第一局，对方交叉他的直拳，击中他的鼻梁。

第二局，他的摆拳被躲开，下巴被拳头重重勾起。

第三局，他闪开迎面来的拳头，另一只拳头在他视线里迅速放大。

大灰狼滚到了角落，耳朵里耳鸣阵阵，他睁开眼，发现眼前的世界变成了红色。

他想：这人拳风太猛，我不是他的对手。

他想：我毕竟是个半吊子，也就欺负欺负豹子这些公子哥。

他想：我毫无还手之力。

他想：小兔，你知道吗，我感觉自己快要死了。

他还想：可是小兔啊，我还没有替你实现你的梦想啊。

当裁判数到第九秒的时候，人们惊奇地发现，那只奄奄一息的大灰狼重新站了起来。

他重新站到了擂台之上，满脸是血，龇牙咧嘴，像是一只一觉醒来，发现自己已然无家可归的小土狗。

他凶狠地扑了过去。

09

这个故事的结局是，大灰狼被揍晕了。他被打断了三根肋骨。

他醒来的时候，小兔已经被她爸爸接走，回到了那个更大的城市。后来，豹子来医院探望他。

豹子说："你的小兔，去了澳大利亚了。"

他问他："澳大利亚，是个什么样的地方？"

豹子说："别的不清楚，袋鼠倒是蛮多的。"

他说："哦。"

豹子说："医药费什么的，我都付了，你安心躺着就好。"

他说："好的，谢谢你。"

豹子说："应该的。"

豹子留下一大堆营养品走了。大灰狼转过头，看着窗外的蓝天。天空干干净净的，没有飞机飞过的痕迹。

他想："如果是澳门也好呀，澳大利亚，那么远。"

大灰狼知道，他输了。

他输掉了拳赛。

输掉了小兔。

10

大灰狼继续在城市里讨生活。

豹子把他送去的是一家非常牛逼的医院，他术后恢复得很好，能吃能喝，能跑能跳。

医生对他说："他的肋骨是用一种特殊陶瓷修复的，以后不要说拳击，车都不一定能撞断的啦。"

大灰狼敲了敲自己的肋骨那里，真的很结实。他低下脑袋想：肋骨是补好了，可是，谁又把我的心给挖走了呢？总感觉里面空空的。

不知不觉中过去了很久，某天大灰狼收到了一封邮件，不知道是从哪个国家漂洋过海过来的。邮件里夹着一根胡萝卜。

是一本绘本。里面有男孩、女孩、星星和小船。大灰狼和小兔。

他翻开最后一页，那上面写着：

大灰狼是个大笨蛋。

11

那一年的春天，大灰狼走在大街上。他看到一家非常眼熟的家具店，想起有一只小兔子曾对他说过，结婚以后，其他家具随便，床一定要买最贵的。因为等到他们结婚，那张床就是他们每天一起醒来的地方。

大灰狼想起某天，小兔和他慵懒地躺在床上，那是星期天早上的八点。

小兔说："我寄给你的胡萝卜，都还健在吗？"

大灰狼很高兴地说："在的呀，都给你好好收着呢。"

小兔说了声哦，把自己埋进被子里，抱了抱大灰狼。

大灰狼突然明白了小兔那天那句话的用意：没有吃下的，迟早要过期。有些东西注定只能被收藏，就像他们的爱情。

他想，小兔，你是个多么悲观的女孩呀。可你和我在一起，却无时无刻不带给我快乐。是我改造了你吗？我想，不是的，是你改造了我。你撕裂了自己，带给我快乐，藏起悲伤，你完整了我，可你终究没能完整我们。

你去了澳大利亚，见到了袋鼠，它们很可爱，会跑会跳，还会打拳击。那就快乐起来吧。我没能实现你的梦想，那就让我来收藏，连同你的悲伤和我们的爱情一起。

12

很多年很多年过去了，我们的大灰狼终于不用再讨生活了，他辞去工作，当上作家，他开始生活。

有时他会在潮湿的春天里早早地醒来，盼望着小兔拖着行李，出现在他家门口。

后来有一天，真的传来了敲门声。

他穿着裤衩，打着喷嚏推开门。

是居委会大妈。

大妈说："你门口的铁架子再不收起来，我拉去处理了啊。"

大灰狼连连道歉。大妈走后，大灰狼望着门口的吊瓶架发呆。这只吊瓶架已经跟他斗争了很多年，他试过各种办法，横着竖着斜着锐角钝角，始终没办法把这王八蛋塞进门里。

大灰狼指着吊瓶架，说："快到门里去。"

吊瓶架不说话。于是大灰狼又对自己说："你才到门里去。"

大灰狼被自己的冷笑话狠狠地寒了一下，他提了提自己的裤衩，觉得自己还是回去睡觉算了。

然后他回过头，看见楼梯口，一个女生拖着行李走了进来。太阳在那头升起，她的身子一半藏在朝阳里。

他说："小兔。"

扁 肉 呀
扁 肉

01

叶小东失业后，在大学城附近卖烧烤，收养了一条叫作扁肉的狗。
叶小东失业有两个原因：一是长得太帅；二是公司老总曾问，我与叶小东孰美？秘书讽老总犯贱。

当然，以上只是叶小东的个人说辞。真实情况是：他患有严重的赖床癌。他本是公司的行政助理，每天上班迟到两小时，叼着早饭，才翩然而来。每逢此时，老总就会坐在办公室里抑郁地望着他。

"来了啊您？"

"嗯，来公司的路上迷路了。"叶小东面不改色。

老总忍不住怀疑，叶小东才是这家公司的老总，自己其实是来给他端茶倒水的。在他连续迟到了三个星期后，老总非常客气地把他请到了办公室。

"小东，你是一个很有前途的年轻人，我也不是不喜欢你。只是，我们没有办法继续在一起了。"

就这样，叶小东回到了家，他花了三天时间，终于醒悟到。

哎，老子好像是被开除了？

老总您说话好委婉啊。

下岗后，叶小东瞎混了一段时间，在朋友那儿蹭吃蹭喝。后来他从朋友那儿借了一笔天使投资，在大学城附近开了烧烤摊。生意算不上好，他勉强生活温饱。

有一天深夜里，叶小东收了摊，骑着他的小三轮，快乐地驶在回家的路上，就看见一条狗四仰八叉"死"在他回家的路上。

他下车抱起狗，发现它饿得只剩下一把骨头了。

叶小东把客人吃剩的烤肉喂给狗。狗吃了几口，两眼放光，大概是几百年没吃过这么好吃的东西了，他甚至在狗的眼睛里看到了一股崇拜之情。他对狗说："别这样，咱俩差不多，你是狗圈里的 loser，我是人圈里的 loser。"

狗迷茫地看着他，"呜汪"了一声。很明显，作为一条狗，它不能理解洋文。随后他意识到，别说洋文了，我就是说中文它也听不懂吧？

02

叶小东悲剧了。当他第二天再一次出摊，他的摊位前出现了一条狗，瘦，非常瘦，瘦得皮包骨的那种。

那晚叶小东路见不平，拔烤肉相助，不想从此以后，狗每天都跑到他的烧烤摊前，狗也不乱叫，就蹲在那儿，搔首弄姿，一看就是曾经在不良场合混过的。客人们都说："它一定是一条有故事的狗。老板，讲一讲你和它背后的故事。"

叶小东没办法，只能收养了。

朋友们得知后都说，叶小东，出息了，还玩狗。

叶小东说："你们才玩狗呢，这是老子的……他这才想起，他还没给狗起名字，总不能就管人家叫狗吧。Fuck，叫汪汪也不行啊，这把自己也活成狗了，他的人生是有多失败。"

叶小东宴请四方，邀请朋友们吃烧烤，一起来给狗想名字。

那天狗就蹲在他们一边，莫名其妙地看着一群大老爷们儿抓耳挠腮。

"要不，叫旺财吧？"

"不行，我在这条街喊一声旺财，有八百条狗会应我。搞不好，还会有人回头答应。"

"那高贵一点，叫戴安娜。"

"这主意好。"大家齐声对狗喊，"戴安娜，戴安娜。"

狗望着他们，眼睛里流露出一丝怜悯，像是看见了一群智障。

起名一事，只得作罢。有朋友突然说："也不知道何莉莉现在怎么样了。"

叶小东沉默了一下，说："来，大家喝酒，多吃点肉。"

叶小东后来突然发现，狗对骨肉相连这道菜特别有反应，一听见就激动，上蹿下跳，跟得了癫痫似的。于是狗终于有名字了，叫骨肉。

朋友们再一次前来庆贺，顺便蹭顿烧烤。他们都说，恭喜你，叶小东，祝你和你的骨肉得到幸福。

叶小东开心地抱着他的骨肉，转而又觉得似乎有哪里不对。

还是叫扁肉吧。

"扁肉呀扁肉。"

"汪？"

03

秋天来了，叶小东的生意好了一些，在大学城里有了不少熟客。他给自己置办了些全新的烤具，也给扁肉换了一身新的装备。狗牌、狗链什么的。只不过他忙于烧烤，没时间遛它，于是他把狗链郑重地交接给了扁肉，从此它就可以自己遛自己玩了。

那年的秋天，扁肉生病了，它不再是从前那条忧郁的狗了。它不再坐在烧烤摊前，忧伤地望着落叶。它每天都在街头快乐地奔跑，从前落寞的叹息，变成了一声声愉快的狗叫。它成了一个治安隐患。

叶小东带它去看城里最贵的兽医。他说，医生，不会是绝症吧？

医生拿着血样化验去了，叶小东提心吊胆，候在外面。许多一看就是成功人士的女性也在兽医店里，她们好奇地问叶小东："您这是什么品种？"

叶小东随口胡诌："法国产的拉布拉斯多巴犬。"

"哎，您衣服款式真独特。"

叶小东说："是吗。"他指着衣服上大面积的油渍，厚颜无耻地说，"这是巴黎时装周最新的水三角 style 哦。"

"哇哦。"女性们齐齐发出感叹。

医生的诊断结果很快就出来了。

扁肉，它，发情期提前了。

叶小东从诊断室走出来，就看见他的拉布拉斯多巴犬，正按着一条名贵的母狗，电动小马达快速启动中。

一名成功女性在尖叫。叶小东魂飞魄散。

那天叶小东赔得底裤都当了。朋友们得知此事，前来安慰他，生理需求嘛，可以理解。不知怎么，在朋友圈的传播过程中，出现了谣言。有许多朋友询问叶小东，听说那日你在兽医店发生了生理需求，果真有此事？叶小东沉默不语，朋友们深以为然，于是朋友圈中传播更广。

叶小东万分委屈。他对扁肉说，扁肉呀扁肉，你可坑死爹了。

扁肉呜汪了一声，迷茫地看着他。

04

扁肉是一条野狗，却有一个非常灵敏的鼻子，隔着老远的人群就能分辨出叶小东的气味。叶小东觉得这可能和它以前在社会上混过有关。它不光是一条野狗，还是一条路子很野的狗。

可是那天，扁肉却偏偏认错了一个人，一个提着包包的女人。

扁肉迷惑地跟了她一路。女人说："你跟着我做什么呢？小狗狗，姐姐手里可没有吃的呀。"

在附近兼职擦玻璃的叶小东匆匆赶到，他提着抹布和水桶，说："抱歉啊。"

他抬头，看见女人的脸，愣住了，女人也愣住了。

"好久不见了，小东。"

"嗯。"

"这狗是你养的吧，什么品种？"

"拉布拉斯多巴犬。"

"一定很名贵吧。"

"嗯，狗中赤兔，狗中吕布。"

那天夜里，叶小东抱着他的狗中赤兔，望着阳台外的世界，愣愣地出神。

扁肉好像还是很迷惑，它伸出舌头，舔了舔他。

叶小东说："你闻到了什么，对吗？像是遇见了你的女主人。可惜，她已经不在我们的故事里了。"

"汪？"

"别问了，我让你别问了。她已经是别人的了。"

05

叶小东的爱情死在半年前。何莉莉和一个有钱的男人跑了，其实这么说并不正确，叶小东职位不低，勉强也算年轻有为。只不过，何莉莉很神奇，她总能找着更年轻有为的。他们两人的感情，大概就像老总所云，没有什么问题，只是不能继续在一起。

何莉莉走后，叶小东顾影自怜，每天拎着酒瓶，迟到早退，很快就失了业。当他最终决定，要追求美好的生活，要爱惜自己的人生。他成功地变成了一个卖烧烤的。如今新年就要来临，他本以为自己已经忘记了她，却偏偏又在落魄的时刻遇见她。上帝实在是不厚道，也许下一次碰面，她会为自己举办一场盛大的婚礼，而又十分恰好地碰见叶小东在大门外面吃垃圾？

叶小东开了一瓶酒，站在阳台上痛饮。

他长长地哈了一声。他说："我本将心向明月，奈何明月照沟渠。"

"汪？"

他说："Let it go 哦哦哦，Let it go 哦哦哦。"

隔壁邻居在咆哮："吵死爹了，明天还上不上班啦。"

叶小东回过神来，扁肉在咬他的裤脚。他疑惑地蹲下来，扁肉伸出爪子，摸了摸他的脑门。

他说："扁肉，谢谢你。我会好起来的，老子明天还得赚钱养你呢。"

06

那年的圣诞节，情侣们游街串巷。两只单身狗站在烧烤摊前干活，叶小东突然感觉到胸口一阵剧痛。

朋友们匆匆赶来，送他去医院。

叶小东的胸腔里面长了一个不大不小的肿瘤。

多由烧烤、油烟、熬夜、酗酒造成。

听朋友们说，扁肉至今还在烧烤摊前等着他，有小半个月了。叶小东拜托他的朋友，赶走它。他自身难保，这回是彻底没心思养宠物了。

朋友驱逐扁肉，扁肉夹着尾巴，呜呜地走了。

叶小东又有点失落，就这么走了，好吧，希望你遇到下个主人，也是个更年轻有为的。他又贱兮兮地想，怎么我这还成了黄金海岸中转站了。

他躺在床上，大脑里乱成一团，我会不会死，死的时候会不会很难看，那群贱人会不会在葬礼上请人来跳钢管舞。乱七八糟的。后来他听见门外大乱，医生和护士们在喊："快，快拦住它。"

还有个女性在尖叫，夭寿啦，小狗抢钱包啦。

门被撞开，一只小狗冲进了病房，嘴里衔着一个钱包。是扁肉，尾随朋友的车子，一路找过来的扁肉。

它把钱包吐在叶小东胸口上，摇了摇尾巴，又伸出爪子，摸了摸叶小东的脑门。

一瞬间，叶小东流下热泪。扁肉呀扁肉，你知不知道，抢钱包是犯法的。老子肺癌还没治，明天就要蹲牢子了。你可坑死爹了。

大门再一次被推开，一个熟悉的声音惊慌地说："是你？"

被扁肉抢劫的女人，竟就是那天在兽医店的那个女人。她对叶小东印象很深。

叶小东说："怎么你也被送进来了，今天是什么日子啊，国际开刀日？"

她说："吃烧烤上火了，过来挂个水。"

冤家路窄。叶小东说："说吧，这回要赔你多少？我肺是不行了，肾还有那么点节余。"

出乎意料地，在得知叶小东的悲惨人生后，女人借给了他一笔钱，用这笔钱，加上朋友东拼西凑的一些，叶小东终于凑够了手术的费用。

叶小东被推进去做手术的那天，朋友们都到了。

他们都说："亲爱的东，你放心去吧，万一有什么不测……我们会让扁肉出去卖身还债的。"

叶小东说："连条狗都不放过，还有没有人性。"

朋友们说："没有。"

扁肉汪汪了两声，像是在抗议，又好像是在给叶小东打气。

女人也来了，她笑嘻嘻地说："你们关系可真好。小东，别怕，在你还钱之前，我们是不会让你死的。"

叶小东挥了挥手，又摸了摸扁肉的脑袋。他对女人说："谢谢你。"

女人走上来，握了握他的手，发现他的手心全都是汗。

她说："你以后别穿巴黎水三角 style 了，烧烤油烟那么大，对身体不好。"

叶小东点了点头。

07

新年过后，在大学城的附近，少了一家烧烤摊，多出了一家寿司店。

店老板是两只苦逼的单身狗。狐朋狗友众多，有一个女人时常会来到店里，牵着一条小母狗。也不催老板还钱，就是坐一坐，聊一聊。在那儿点上一份味噌汤和蛋炒饭。

叶小东开玩笑地说："我欠你这么多钱，可能得给你做一辈子饭了。"

她脸红了红："先把你的肺治好吧，肺痨鬼。"

叶小东摸着脑袋，憨憨地笑了两声。他回过头，魂飞云外，扁肉正按着小母狗，电动小马达飞速启动中。

08

人生就像一块巧克力，你也永远不知道，下一秒，是被车撞向银河系，还是在酒店门口吃垃圾。

上帝太不厚道，为我们预设下太多悲剧。倘若生命真有奇迹，一定不是从天而降的人民币。那会是你最好的朋友，将你拉出陷阱，拉出自怨自艾的情绪里，送你一个巴掌或是温暖的狗爪。告诉你，哥们儿，振作，积极面对明天，明天，你还得出门给我买狗粮呢。

"扁肉呀扁肉。"

"汪？"

"谢谢你。"

"汪。"

孤独的
城市

每天回家都能看到女朋友死在床上。

女朋友批注：是真死了。

01

叶小史是突然决定自杀的。二十五岁生日那天，因为被公司辞退、信用卡刷爆、大学同学借走存款，消失在茫茫人海；出门踩狗屎，他精神彻底崩溃了。

他坐在沙发上，首先回顾了一下自己二十五年的精彩人生——拿不到准生证，拿不到毕业证。在社会上垂死挣扎，终于进到图书公司，算是时来运转了吧，想不到跟了个七十岁高龄的作者，领导要求他打造一个老年张嘉佳。做了大半年，张嘉佳没打造出来，作者断气了。

累了，真的累了。

叶小史给自己挑选了三套工具，绳结、菜刀和电闸。他预备着，一边摸电闸一边上吊一边用菜刀活活砍死自己。用已经在他身后飘浮很久的女鬼的话说："耶。这不是'要你命三千'吗？"

他说："哪儿的三千，顶多三下。"

她说："就是操作难度有点大。"

他说："其实吧，一直以来，我胆子都很小……"

她略有不解："可你都有勇气死了。"

他说："我从小就怕鬼。"

她很高兴："我就是啊。"

得到这个答案，叶小史显得有些平静。他搬进这间单身公寓已经一个月了，一个月来，公寓无时无刻不在闹鬼，照镜子的时候，镜子里出现一颗死人头就不说了，上厕所都会有个浑厚的女中音提醒他忘记带纸。也许是他生无可恋，即将赴死，姑且把这位女鬼当作自己的同类吧。有个女性生物陪着上路，也不知道下去后会不会更有面子一点。

那天他问她："你叫什么名字？"

女鬼说："聂小倩。"

他皱皱眉说："聂小欠？怎么起了个这么欠的名字？"

女鬼说："老娘咬死你。"

他说："玩笑，玩笑。我叫叶小史，一会儿就死了。"

女鬼说："阿屎，你要坚强。"

他说："虽然读音一样，但我知道你在想什么。算了，我已经习惯了。"

交谈完毕，叶小史最后整理了一下仪表，预备着端庄地死去。

"啪"的一下，公寓停电了。

02

电闸没电,电不死他。

黑灯瞎火,绳结都看不见在哪儿。

叶小史精神再一次崩溃:"有没有搞错,死都不让我成功吗?"

女鬼安抚他:"很多事情得看天意,慢慢来吧。"

叶小史渐渐缓过劲来,坐在地上,和女鬼闲聊。女鬼告诉他,自己很早就死了,死因是失恋,在公寓里哭了一个星期,准备下楼买点吃的,决定振作,决定拥抱美丽人生,结果发现自己飞起来了。

对于公寓闹鬼这事,她表示遗憾。房东缺德,死了人还出租,换她也受不了。总之呢,这事吧,不能怪她,她白天不能出门,只有夜里能活动,可是大晚上的,她一个女孩子家家,出去晃悠,她害怕。

她说:"恰好上个月你来了嘛,就逗你解闷啦。"

"你逗得好爱岗敬业啊。"叶小史目瞪口呆。

叶小史和聂小倩聊了很久。她讲怎样装鬼吓人,当然,不用装就是。叶小史给她讲自己失败的人生,聂小倩说:"你好可怜。"后来叶小史讲到断气的作家和刷爆的信用卡,聂小倩悲伤得要哭,她说,"别怕,以后姐姐疼你。"叶小史总觉得好像有哪里不对。

"其实我自己当鬼也当得蛮失败啦。"聂小倩说,"纠缠了你一个月了,一事无成,好容易盼到你要自杀了,我自己又觉得没劲——你一个年轻人,不就是点儿背吗,要这样随随便便就死?"

叶小史说:"那不然嘞姐姐。"

聂小倩说:"我附你身吧,临死前分点阳气。"

叶小史说："讲通俗一点。"

聂小倩绞着手指说："俗称在一起，俗称谈恋爱，俗称男朋友……"

天色微青，远处传来了鸡鸣。叶小史坐在晨色里，打量眼前的女人，她的头发很长，乌黑秀丽，脸色白净，一点血丝都没有。瞳孔漆黑，七窍流血。

他回想起这一个月来和女鬼的耳鬓厮磨。突然间意识到，原来一直以来，这都是她爱的告白。

陪伴是最长情的告白啊我去。

03

叶小史，一个单身了二十五载的资深光棍，终于在 2015 年的冬天，找到了一个女朋友。

虽然这个女朋友的死相惨了点，叶小史每天回家，推开门，都能看见自己的女朋友在床上气绝身亡。这种画面很有冲击力，逼得他倒吸一口凉气。聂小倩自己也不好意思，说："你以后回家，提前敲门嘛，我擦擦脸上的血。"叶小史虚弱地摆摆手："不必了，就当免费看鬼片了。"

叶小史重新在城市里找了一份工作，在便利店收银。他想，挣扎这么久，还是失败得彻底，干脆从最底层干起，混得好混得差都是赚的。他自己也没想到，他在便利店表现很不错：生无可恋，收银认真；一心求死，偶遇抢劫，抄着扫码机就上去和人拼命。加上家里还养着个死女朋友，他妈的简直要爱死加班了。

老板夸他："像你这么有活力的年轻人，不多见了。"

老板让他当店长，老板还说，下个月，市里有交流会，你好好表

· 130 ·

现，我推荐让你分管这一片。

他下了班，提着一大袋一大袋的零食走在街上，越走越觉得神奇。自从被女鬼缠上，他的人生就越来越光明了。是上帝和他开玩笑吗？他只想死，一心求死，暴毙横死，却换来人生的希望。

后来他觉得，和上帝无关，这其实是聂小倩和他开的玩笑才对。他和她约好了，他们相恋一场，他分她阳气，她送他温暖。等他在人间走完这最后一遭，就彻底结束生命。届时，他们做一对猛鬼夫妻。

叶小史想，等到那时，自己和聂小倩在一起，其实只因为他们是同类，只有他们两个人的同类。这样的感情，会因此而廉价吗？

应该不是吧。毕竟两个孤魂野鬼，能够在这个孤独的城市里，相互依偎。

这个孤独的城市，终于不再那么冰冷。

04

叶小史一活就是半年。这半年里，他和聂小倩相处基本愉快。夜里下了班，他带聂小倩出门，一人一鬼，手牵手走在空无一人的大街上。

后来他们去游乐场，深夜里四下无人。光头强和狗熊的大脸挂在墙上，咧开嘴瞪着他们，像是在巡视猛鬼片场。不过他们没什么好嘲讽人家的，他们一人一鬼，嘻嘻哈哈地在这里打闹，画面惊悚全是他们闹的。

他们偷偷启动摩天轮，坐上去，升到高空。聂小倩说："我恐高。"叶小史说："不能够啊，你平时都飘着，早打败地心引力了好吧。"聂小倩说："你去死啦，一点情调都没有。"叶小史嘿嘿坏笑。

那时的夜，全城俱静。

一人一鬼紧紧相靠，坐在一整圈的彩灯里，遥望远处的街灯通明。

聂小倩突然说："你什么时候过来陪我？"

叶小史没在意："我现在过得挺好，再等等吧。"

叶小史的工作越来越顺利，半年过去，结识了很多的人，一切都走在正轨上。他盘算着，什么时候把聂小倩介绍给自己的朋友，连说辞都想好了，我和她约定终身，一场车祸，夺去了她年轻的生命。我哭天抢地，终于感动上帝，把她的灵魂还给了我。虽然经常吓到小孩，夏天这会儿还是很凉快的……他相信，他的朋友一定能被这个狗血的剧情打动，至少不会跑出门报警。

然而聂小倩拒绝了。

她说："叶小史，你现在是不是不愿意过来了？"

叶小史不解："我们不挺好的吗？"

她说："人鬼殊途，我们这样，只会互相消耗。你没有发现，我正在消失？"

叶小史仔细看，聂小倩的身影真的淡了很多。

他伸出手想抱一抱她，仿佛只是抱着一团空气。

她说："我原以为，我是鬼，是不需要温暖的。可是我发现我错了，我也会冷。我是这个城市的异类，不敢奢求什么，只想有人能抱抱我。"

她说："我原以为，那个人是你。"

叶小史沉默了。时隔半年，他又回到当初那个岔道口上。是生存，还是毁灭？是面包，还是爱情？这真是一个要了他老命的哲学问题。

她说："小史，其实你现在的状态很好。我不该再缠着你了。"

他说："你要走？"

她说："大概吧，我总要用一种方式活下去。"

他说："小倩，再给我一点时间。"

她笑笑，说："睡吧，晚安。"

一人一鬼，靠在一起睡去。叶小史躺在床上，回想他这一年，真的好像是一个噩梦，他孤独，他无助，一个姑娘陪着他挨过寒冬。现在噩梦即将结束，姑娘却要离开。

他想：其实我本该永远地沉睡，让这个梦永远不要醒来。

可是当他第二天醒来的时候，聂小倩已经不在了。

桌上有一张留给他的字条：

好好活下去。

我们都有更合适的选择。

批注：早饭在冰箱，热完再吃。

05

那年夏天，单身二十五载的叶小史迎来了人生中第一次失恋。

他和朋友出去喝酒买醉。

他说："在错的时间，遇见错的人，这是我的幸；在对的时间，离开错的人，这是我的命。感情是不是总有注定？春花秋月何时了，往事知多少，大江东去浪淘尽……"

朋友说："诗人，您收了神通吧。"

他向朋友讲述了自己的烦恼，人鬼相恋，人鬼殊途，不得不分开。他说："不合适，就真的不能在一起吗？"

朋友震惊到飞起，说："大哥，你们两个物种都不一样吧。"

叶小史拎着酒瓶，醉醺醺地走在天桥上。

路边算命的瞎子在聊天，听说没，张天师家闹了鬼。女鬼，可厉了。要抢张天师的天师续命符。天师和女鬼斗了一夜，降住了。啧啧啧，不知道哪里来的厉鬼，命都不要了。张天师什么人呀，城里祖传的法师，打得女鬼还剩下一魂一魄，就是不肯散。天师说是心愿未了，这两日作法，准备超度她。

06

叶小史发疯一样狂奔，冲进天师的家。

张天师说："年轻人，乱闯民宅是交不到女朋友的。"

他说："我看过新闻，你们是骗子。假扮女鬼，假扮天师收服女鬼，然后问人要钱。"

他说："你们是骗我的，对不对？"

他跪下了："天师，放她走。我把所有钱都给你。你放她走吧。"

张天师叹了口气，说："痴情蛊，中毒太深。"

天师驱赶他。

他磕头："放她走。"

门内是延绵的诵经。

一团魂魄苦苦挣扎着不肯散去。

叶小史朝门内大声说："小倩，不要怕，我来了。"

他说："小倩，记得吗，遇到你的那天，我在自杀。"

他说："我总觉得，其实那天，我就已经死了。我的前生，乱七八糟，像一个糟糕的笑话。直到来生遇见了你。"

他说："这半年，我时常想，你要是人该多好。我们一起看日出，一起等日落，烧菜煮饭，结婚生子，过正常人一样的生活。"

他说："可我想让你知道，你不是人也没有关系。我的来生会怎样，我不管，你就是我的来生。"

天师倚着门，突然说："奇怪，她缠了你半年，怎么阳气一点没少？"

他说："我是她爱人。"

07

叶小史一跪三天。

将近昏迷的时候，张天师终于推开了门。

他满眼血丝地看着他："张天师，我命贱，抵你的命不亏。"

张天师摇头说："年轻人，冲动是交不到女朋友的。"

张天师递给他一张符和一具泥人。

天师说："回去烧掉符，每日滴血在泥人上。她死前二十三岁，你滴一滴血，减寿一年，就偿给她一年。你偿她二十四年，她也只能多活一年。你自己想清楚，命贱也是命，你有多少年可以拿来偿。"

叶小史数学一直很不好，但他觉得这是一道非常简单的数学题。

08

在滴血的日子里，叶小史总是在做一个奇怪的梦。

他行走在大雾弥漫的城市里，寻找着一个孤独的女孩。

冥冥中有一个声音在审问他。

"你是谁，为什么要到这里来？"

我是谁？叶小史想，我是一个鳏夫。

我一无所有，只有孤独的时光。我不知道我还有多少时间，也许我找不到她了，也许找到她的一刻，就是我的死期。

但请你都拿去吧。哪怕一天也好，把曾属于我的还给我。

高楼上的钟，不停在倒走。

嘀嗒，嘀嗒。

我的爱人在哪里。

嘀嗒，嘀嗒。

今生我们弄丢的，来生要在哪里寻。

09

聂小倩醒来，像是穿越了一个漫长的噩梦。

她看着眼前满脸胡楂儿的男人："阿屎？"

叶小史呵呵地笑："饿了没，我去给你煮面，你很多年没吃面了吧？"

她不敢相信地看着自己的双手，眼里流下泪来。她注意到他手腕上的伤痕，说："你滴了多少？"

他说："没事，我找天桥上的瞎子算过命。我八字点背，一心求死，就没那么容易死了。"

她说："叶小史，你为什么这么傻？"

他说："数学不好，数学不好。"

在那座孤独的城市里，灯火阑珊，星光璀璨。

跨过前世今生的河岸，男孩和女孩紧紧地相拥。

10

那以后，短命的王子和短命的公主生活在了一起，每天柴米油盐，家长里短。城市里的人都很奇怪，为什么生活里叫人焦躁的琐碎，却让他们这么快乐。

大概就像他们不曾隔着一整个城市的孤独，拥抱过隔世的爱人一样吧。

牛逼并高雅地爱下去

01

猫在一家企业做设计，薪水不高不低，项目不温不火。有天他接到一通电话，是他老妈打来的。

老妈说："你还记得你表舅的同学的姐夫吗？"

猫说："不记得，怎么了？"

老妈说："他们家有个女儿。待业三年，前不久进了你们公司。这周过来，要在你那儿睡两天。"

他说："他们家，是指同学还是姐夫？"

老妈说："少给我绕圈子。人家女孩子家家的，二十多岁嫁不出去。跑过来和你孤男寡女共处一室，多不容易啊。"

猫说："妈，我现在和你正式断绝母子关系。还来得及吗？"

电话那头已经挂上了。

今年是猫北漂的第三年。前两年他辗转在地下室和隔断房里，这年年初，鸟枪换炮，搬进一栋三十二层的单身公寓。他从小便认定，自己日后势必是一个高雅的人，一个对生活有着高级追求的人。如今想想简直可歌可泣，打拼三年，终于在楼层的高度上实现了。

周三的中午，猫蹲在出站口抽烟。

一只小鼠拖着行李走过来，问他："你就是我姐的弟弟的同学的侄子吧？"

猫抬起头，女孩有些面熟，穿着明显二三线城市买来的 T 恤。其实不是了，T 恤到哪儿都一样，二三线的是女孩的脸。

猫皱了皱眉毛，说："一会儿就要见领导，你怎么穿成这样就出来了？"

女孩一愣，说："一定要露吗，我没有事业线啊。"

猫绝望地说："是正装啊！"

小鼠来公司里做的是前台。猫帮着她跑完了入职手续。等到猫拿到她的就业协议，他冷笑了数声，前台。

小鼠说："干什么？没见过前台啊。"

猫说："没见过穿越大半个中国来干前台的。"

小鼠很耐心地说："帅哥，我不干前台了，我穿越大半个中国揍死你。"

02

猫一直有一个理想，等到他年薪百万，就买一栋带阳台的 LOFT，朝阳区，周末有太阳的时候，他就搬来小沙发，坐在阳台上。一边喝阳光海岸上晒出来的铁观音，一边感受冬日的暖阳，手里最好再拿一本《我必将牛逼并高雅地活下去》什么的。

总而言之，一切都是太阳的。

后来小鼠提醒他："一切都是太阳的前提是——年薪百万。"

小鼠的到来打破了一切。住在他家的那几天，男女授受不亲，猫只能睡在地板上，她则睡在他宜家的松香大床上，趴在床上吃零食、喝汽水、看琼瑶小说。在猫看来，她老土，她庸俗，她必将既不牛逼也不高雅地活下去。

他们从一开始似乎就很不对味，猫嫌弃她 out，小鼠觉得他穷讲究，不冒英文能憋死自己。离奇的地方在于，他们两人，一洋一土，每天竟然有菜有汤的。

小鼠这个女孩，看起来笨笨的，也知道猫打从心眼儿里看不起自己。她和朋友借了一笔钱，打算去找一间更好、更奢侈、更豪华的公寓。她上网，见到一家月租一千六的房子，五十平方米，豪华装修，独立阳台，她当天就去了。

中介对她说，之前的房客还没搬走，来，把合同先签了吧，签了你就幸福了。

她交了钱，第二天，发现中介变成了失踪人口。

她打电话给中介公司，那头说他昨天扶老奶奶过马路，被车撞死了。

猫吹着口哨散步归来，推开门，疯了。

一只小鼠在天花板上系了根绳子，正颤颤巍巍地把头往里面送。

猫冲上去把她抱下来。

猫说："大姐，你怎么了就？"

她说："我被骗光了身上全部钱。"

猫说："那也不能死在我天花板上啊。我以后养你还不行吗？"

她抬起头，满脸泪水地说："真的吗？"

猫哭笑不得地说："真的，骗你是狗。"

话一出口，猫瞬间后悔了。小鼠跳下了他的怀里，抱着零食薯片，还有琼瑶小说，哭哭啼啼地爬他床上去了。

03

那年中秋，公司来了一个时装项目。客户为人彪悍，拿出的几个方案，从复古到现代，全被劈头盖脸地骂回来了。现在只能设计后现代。项目组长说，再不通过，就让他们设计部的人全部滚去超时空坍缩。

猫特地请假两天，窝在公寓里，没日没夜地作图。

小鼠下班归来，问他想吃点什么。

猫说："你会做饭吗？算了，我自己下去吃。"

猫饭毕归来，一打开房间门，一只不知道哪里来的小鼠，正趴在一张设计图上挥毫泼墨。

他说："哦，不好意思，我走错房间了。"

他关上门，两秒后，疯了，冲进去推开小鼠。然而已经晚了，原本充满后现代金属质感的服装，被小鼠改成了红花绿叶，颠鸾倒凤，喜庆的气息扑鼻而来。

小鼠揉着肩膀说："你这人怎么这样啊，帮你忙，还推我。"

猫说："你乱画什么？这是公司的重点项目，你要我明天交一块社会主义新农村桌布上去？"

小鼠说："万一客户喜欢我这种呢？"

猫冷笑数声："可能客户是美国农村来的吧。"

猫熬了一整夜，双眼通红，终于重新赶制了一份图纸出来。第二天他脚步发虚地赶去公司交图纸。

项目主管推了推眼镜，她说："你没精打采的是怎么回事——我听说，你最近和新来的前台住在一起？"

他说："昨晚就是被她搞得一夜没睡。"

单身三十五年的主管一脸苍天啊大地啊的表情走了。

04

好消息下来的时候，猫已经很淡定了。客户对设计师赞不绝口，尤其是那些红花和绿叶的搭配，像桌布一样的纹路，充分展现了一件艺术品的灵魂。客户说："只不过，另一份图纸上的后现代金属质感，是贵公司设计的钢丝球吗？"

像一个神迹一样，这家快倒闭的公司，接到了一笔巨大的投资。小鼠也用不着做前台了，她进到设计部，一升再升，很快到了猫的头上。

主管常常劈头盖脸地对猫说："你要是再做一坨 shit 一样的东西出来，就让你滚去做前台。"

猫恨得牙痒，他的每一个设计，都倾注了他对艺术的全部追求。然而，他那些高雅的作品，永远在被退回的名单里。相反的是小鼠，她高举着现代化新农村的艺术审美，居然一次次在艺术展上抱回大奖。猫有时就会觉得，自己其实是活在一个梦里，一个时空错乱、贝多芬弹奏东方红的噩梦里。

小鼠说："要不，我教教你吧。说不定主管就不骂你了。"

他说："不学，没空。我才不学这么没有艺术操守的东西。"

他重重地哼了一声，回过头。

小鼠有点摸不着头脑——他生的哪门子美国气呀？

05

小鼠依然没有搬走，猫也依然睡在地板上。

有一段时间，小鼠非常好奇，为什么这只大傻猫会这么穷讲究？

她问他："采访一下，这位先生，你知道这是一种病吗？"

"不知道。"猫没好气地说。

猫的穷讲究其实和他的初恋有关，十二岁那年，他爱慕过对面楼的一个姑娘，那个姑娘的房间正对着他家的阳台，他每天都能看到姑娘安安静静地上网，打扮精致，举止透露出优雅。

于是他开始不自觉地模仿，他盘算，等到他真正变成一个高雅人士，就向这个姑娘表白。于是很快地，他搬家了。

猫的初恋还没开始就迎来了失恋，他几乎要被击倒在地。在他的十二岁以后，他就只能悲伤地祭奠自己的爱情。这些年，优雅逐渐演变成了他的一种习惯。就像他喜欢穿粉色的 Polo 衬衫一样，当年那个姑娘经常穿的小吊带，就是粉色的。

小鼠惊叹道："这位先生，没想到你不光是个痴情汉，还是个痴汉啊。"

猫说："去死。"

猫想了想，又说："也可能，真的是一种病吧，像是一次失败的躲猫猫，她都不玩了，我还偏执地走在找她的路上。"

那年的冬至，隔壁公司的大灰狼出院，做东请大家吃饭。猫带着小鼠一起去了。据说，大灰狼感情破裂，女朋友丢下他，去了国外，人还受了重伤，胸口跟着一起破裂了。朋友们举家带口，纷纷前来祝贺。

猫的酒量一直很不好，三杯就倒。猫举杯说："敬女朋友。老子到现在都没找到女朋友。说完就不省人事了。"

后来猫做了一个梦，梦境里莫扎特在唱《龙的传人》，肖邦在演奏《爱我中华》，建设我们的国家……

他醒来，觉得很舒服，很感人，睡了这么久的地板，今天终于是睡在床上了。

他翻了个身，感动得哭了。小鼠也躺在床上。披头散发，衣衫不整地躺在床上。

小鼠也醒来了，她轻车熟路地翻出上吊绳，被猫千辛万苦地拦住了。

小鼠泫然欲泣："我以后还要回老家嫁人的，现在闹出这种事情，我以后怎么见人。"

猫已经完全顾不上优雅了，他满眼血丝，给自己点上一根烟，对小鼠说："昨晚我们发生的是纯洁的男女关系。实在不行，我赔你点钱。"

小鼠愣了几秒，突然狠狠给了他一巴掌。她说："叶小苗，你不得好死。"

06

自那晚之后，猫和小鼠的纯洁男女关系每况愈下。

小鼠换上了自己的床单，睡自己带的枕头，点自己买的台灯。

小鼠说，她马上就搬出去，找一间更好、更奢侈、更豪华的房子，不想和猫多待一秒。

后来一天，猫一个人在家里看书，接到小鼠打来的电话。

小鼠说："我找到一个房子，两千八，三十平方米，独立阳台。"

他说："签合同了吗？"

小鼠说："签了，中介人很好，还免了一年的物业费。"

他说："恭喜，然后呢？"

小鼠说："然后钱被骗光了。现在没钱打车回来。"

猫赶到地方一看，小鼠正坐在花坛的一个角落，有一下没一下地掉眼泪。

她抬起头，满脸泪水地对猫说："我是不是真的很蠢？"

猫叹了口气，上去摸了摸她的头说："我蠢，我不该让你一个人出来的。我蠢。"

猫想了想，又说："我比你多蠢一点点。嘿嘿。"

07

小鼠的积蓄又被骗光。不得不再次以半年为单位，在猫的家里暂住。可是这时住在一起，两人都觉得彼此之间，好像有了更多不一样的感觉。

猫觉得，小鼠好像没那么讨厌了。蠢是蠢，本质还是善良的，有时他开门回来，看见小鼠吃饱了零食，衣服乱扔，奔放地死在床上。眼里就情不自禁，流露出一副原谅全社会的神情。旋即他意识到不对，我操，再这样下去，他可以去出家了。

有一天，猫做了一个梦，梦见贝多芬在弹《东方红》，肖邦演奏《爱我中华》。人群在欢呼，朋友们送祝福，这是他的婚礼。

司仪问他："你愿意娶你对面的女人吗。无论她将来是富有还是穷困，或无论她将来健康还是两百斤，你都愿意和她永远在一起吗？"

他说："我不愿意。"

司仪说："一拜天地。"

他转过头，颤抖着掀开了新娘盖头，下面是安吉丽娜的脸。

他松了口气。

小鼠突然破门而入，她穿着婚纱，手捧鲜花，说："对不起，遇上堵车，我迟到了。"

小鼠上来挽住他的手，伴娘安吉丽娜和朋友们纷纷祝他百年好合。

他猛地醒来，坐在床边，万分无力地想到，要么出家，要么娶了她。自己牛逼并优雅的人生，真的毫无希望了。

08

那年夏天，公司组织员工出去旅游。

小鼠得了重感冒。

猫只能一个人去了。临走时，他叮嘱她："多喝热水，生病了就少吃点薯片。一个人在家多小心，别把拖鞋吃了。"

"知道啦，真烦。"小鼠抱着枕头，吸溜着鼻涕说。

猫在厦门玩了两天，一身疲惫，终于回到了小区。

小区的天空浓烟滚滚，三十二层的那间单身公寓火光冲天。

他狂冲上去，消防员用力按住他。

消防员说："你不要命了？"

他大声说："放开我，上面是我的女人。放开我啊，求你们了。"

大火熊熊燃烧。

猫被消防员架到花坛边。他坐在上面，沉默了好一会儿，回过神时，才发现手上的香烟燃到了尽头。

其实他很早就知道，她个蠢人，没有他在不行，什么都做不好。

现在还把房子点了，要他说点儿什么好？

后来，猫觉得，这一幕其实挺像一部爱情电影，是一次她的躲猫猫。下一秒，她就会安然无恙地出现在他的背后。

他想，好吧，要是你下一秒出现，我就勉为其难原谅你。用原谅社会，可以剃度出家的眼神，远远望着你。

你个蠢人。我真不怪你的。

好吧好吧，怪我行不行？

这一秒你没有出现，那再给你一秒。

好吧，再给你一秒。

再给你一秒。

那天火光遮蔽了天空，猫坐在花坛上，一根接一根地抽烟，抽得他的肺很疼。

09

猫买了一张回老家的火车票，穿越大半个中国，去参加她的葬礼。

他来到她家，小鼠被挂在墙上，四周挂了很多白纸，花圈摆了一排。小鼠像工农娘子军一样，孔武有力地望着远方。

居委会大妈在念悼词：小鼠是我们区赫赫有名的大学生，这些年来，她始终没有忘记为我们小区抓建设，保生产……

他表舅的同学的姐夫走上来说："你就是叶小苗吧。"

他说："是的。您女儿的事，我很抱歉。"

女人在哭泣："你现在说这些，还有什么用。"

男人说："事情都过去了。在公司的时候，小鼠承蒙你的照顾了。"

他双手合十，向男人拜了一下。

他去给小鼠上了一炷香，抬起头，小鼠安安静静，望着远方。

他坐在各路亲戚中间喝酒，他的酒量一直不好，三杯就倒。不省人事。被人扶到书房休息。

后来他被急促的电话吵醒，主管大姐在那头说客户今天就要看图纸，你人跑哪儿去了？

他说："我请假了。现在只有一个草图。"

主管大姐几乎是咆哮着说："那就把草图发过来。"

他挂断电话，坐在床头，出了会儿神。外面人声鼎沸，像是一个和他无关、被他错入的饭局。后来他酒醒了一点，就点了一根烟，走到窗前，打开了书房的电脑。

他打开 QQ，愣住了，小鼠的头像，放浪形骸地挂在了登录界面上。

小鼠的空间里，置顶了两篇上锁的日志。

一则在五年前。

对面那只小猫，好可爱。

一则在一年前。

我终于找到我的那只猫了。

他抬起头，书房的窗外，正对着一个他曾经住了很多年的房间。两栋楼的中间，种了很多摇曳的树。

他眯住了眼睛，已经很多年了，他似乎已经忘记了这里。可是此时此刻，他依然影影绰绰望见了两个光影，男孩懵懂地站在窗前，女孩优雅地望向窗外。一秒，两秒。一年，两年。夏季，雨季。

躲猫猫，是我输了，被你找到我了。他低下脑袋想，可你现在在哪里呢，我怎么就，再也找不到你了呢。

花房里的守望者

01

我不是萝莉控。

我再三向小弟们重申。昨天我把这个小学生带回来，是接到任务，绑架她一段时间，我也没有想到，一觉醒来，她会自己跑到我被子里。

从吃早饭开始，阿宽和扁扁就一直斜视着我，像是在看变态。

阿宽怪声怪气地说："老大，你口味挺小清新嘛。"

我说："谢谢，接下来一年我们都会很小清新。她是老大的任务。"

小学生说："抗议，我不是任务，我是人物。"

我说："我还是剧情呢。安静吃饭，大人说话小孩别插嘴。"

她撇了撇嘴，嘀咕了一句："没文化的坏家伙。"

如你所见，这位很有文化的好姑娘，叫作雯雯，是副帮主王姐的女儿。前不久，王姐留下一封信：世界那么大，我想去看看。随后她卷走帮派资产，跑路去了国外。帮派于是决定扣押她的女儿，作为人质。

辉哥说："那就让最能打的去吧。"

很不幸的，那个最能打的，正是鄙人，三花会双花红棍叶小黑。道上朋友经常问我，你名号怎么听起来五颜六色的。

当天下午，我去小学里拐她。我说："我是你老娘以前的手下，她托我照顾你。"她背着书包，打量我两眼，说："大叔，看着很不专业啊，以前做过保姆吗？"

我说："没听说出来混还要做家政阿姨的。"

她摇摇头，叹了口气，说："人心散了，队伍不好带了啊。"

天知道她的妈妈是怎么教育她的。

她说："喂，背我。"

我走上去，不顾她的拳打脚踢，拎起她走了。

02

榕城不能待，有王姐的耳目。辉哥叫我们带着她，去别的地方躲一年。一年后，带去三亚，去和她老娘交易，这个任务就算完了。报酬倒是挺丰厚，辉哥直接转了十万过来。我说："辉哥，礼重了。"辉哥叹了口气，说："你自己把握吧，别把小孩弄死就行。"

我说："哪能呢，都把她当公主供着。"

我也是第一次干这个，确实没什么经验，蹑手蹑脚的。她只知道我是她妈妈的马仔，别的都没敢告诉她，怕给她吓出点什么童年阴影。

周总理教育得好，再苦不能苦孩子，再穷不能穷教育。我们来到了柳城，找房子，办理入学手续，贿赂小学校长，十万转眼去掉大半，我肝都疼了。这位人质还自带大小姐 BGM，每天就知道使唤我。

"小黑，我饿了；小黑，我渴了。"

"小黑，给我讲讲大灰狼卖白粉的故事吧。"

"对了小黑，白粉是干吗用的？"

"做蛋糕。"我没好气地说。

"那冰毒呢？"

"做冰棒。"

"小黑，我想吃蛋糕和冰棒。"

"祖宗，小黑死了，你让他的尸体凉一凉好不好？"

"哦……"她弱弱地应了一声，抱着书包走开，去做作业。我瘫倒在沙发上。两分钟后，她又跑过来，"小黑，教我做应用题。小黑，小黑？"

"小黑升天了。"阿宽说。他看着沙发上口吐白沫、几近昏厥的我，泪流满面地说，小黑的在天之灵，会保佑你考一百分的。

03

在柳城，生活挺平静。不像以前，打打杀杀，唯一让我们头大的，就是孩子的教育问题。

小孩在作文里写：从前有只大灰狼，没有什么人生追求，就喜欢用白粉和冰毒做点心，分发给森林里的小动物们吃。这是个老师都会报警的吧？

加上她考试次次不及格，班主任发话，成绩再没有起色，孩子只能留级。

三个大老爷们儿和一个小学女生望着桌上的成绩单发愁。

阿宽突然说："有办法了。"

嗯？众人看着他。

他说："绑架校长的家人。"

锅碗瓢盆飞向阿宽。

雯雯批评我们："你们会不会带孩子啊？"

我们很坦诚："不会。"

雯雯捂着腮帮子走了。

我们连续吃了几个月的外卖，道上有个说法，躲藏的时候，一定不能做饭，因为一个人的做菜习惯，会暴露自己。

不过我们只是单纯地因为不会做饭而已。

终于雯雯受不了了，她窝在被窝里哭，哭完了被我拎出来，放到餐桌上吃快餐。

她梨花带雨地骂我："叶小黑，你真没用，连做饭都不会。"

我说："不要瞧不起成年人。我会的事情，说出来吓死你。"

她说："快，吓死我啊。"

我想了想，杀人？不行，这太暴力了，还是文雅一点吧，未成年呢这可是。我说："没有啦，我能帮人快速进入睡眠。他们怕黑的时候，我就带着作案工具，棒球棍、西瓜刀什么的，给他们轻轻地来那么一下，然后他们就，嗯——睡着了。"

她说："酷哦，小黑真棒。"

我摆摆手："没什么没什么，小意思小意思。"

阿宽看了我一眼，对扁扁小声说："萝莉控真变态。鼻子都快翘起来了。"

好吧，今晚就让这俩货快速进入睡眠。

04

雯雯这个女孩，可能是家庭教育的缘故，比同龄女生要成熟很多。可是有天晚上，她冲我发了很大的火。我去夜店，带回来一个女人。她把门重重一摔，说："你敢带她进来，我就没你这个爸爸。"

哟，你还有个女儿呀。女人调笑着走了。

我懊恼地走进她的房间，却看到她抱着玩偶，肩膀一耸一耸。

我说："你哭了？"

她不理我。

我把她翻了个面，她拿脚踢我，被我按住了。

她流着泪说："你们男人没一个好东西。"

我满头大汗，我说："我可什么都没干啊。"

她说："我爸爸就是和不三不四的女人玩，才不要我的。"

我愣了愣，说："对不起，我不知道这事，以后我不这样了。"

她说："你以后不许和别的女人玩。"

我摸摸她的脑袋："黑爸爸知道错了，再没有下次了。"

转念一想，黑爸爸，我靠，人生中最难听的外号就这么诞生了。

她说："小黑，你给我讲个晚安故事吧。"

我想，说什么呢，总不能说我自己以前的事吧，那就不是晚安故事，变成法治栏目了。那天我坐在那儿，绞尽脑汁地给她编了个童话，我说在很久以前呢，有一个小男孩，是大街上要饭的，他最大的理想，是混吃等死，天天都有馒头吃。可是有一天，他路过一个花房，那里面的花儿很美，一些花却干枯了，是这个城市的人，忘了给它们浇水，于是小男孩留了下来，看守着那些花。他开始励志了，他变得有理想了，他想做一个花房里的……黑寡妇？变形金刚？

我想了想，说："花房里的守望者。"

那天我说啊说啊，雯雯就睡着了。我摸摸她毛茸茸的头发，叹了口气，从口袋里摸出了一根烟。

她睁开眼睛，大声地说："不许抽烟。"

"祖宗！"

05

在柳城，我们住了有小半年，我负责洗碗，阿宽烧菜煮饭，扁扁打扫卫生，三个人为了小孩的学业，吃奶的劲都使上了。时间一久，我们都感觉自己身上发生了进化，不知道为什么，一看到阳光，就突然很想搬出一条椅子，到外面去打毛衣。

那天回到家，我说："时间不多了，今天要去办三亚的机票，雯雯，你户口本上的全名是什么？"

她说："王丘魏施雯。"

我张大了嘴巴，我说："你家几个复姓的啊？"

她数着指头说："我爸爸姓丘，入赘给我妈，我妈妈姓王，我爷爷姓魏，我奶奶姓施。"

我说："你还是跟我走吧，别去找你妈妈了。"

她说："110 吗，这里有怪叔叔。"

我满头黑线。阿宽和阿扁在那头抽着烟，嘿嘿怪笑。

雯雯突然说："小黑，你的家人呢？"

我愣了愣，说："少废话，出发了。"

拎起她走了。

06

我没有家人。

我从小在孤儿院长大，我记得那个院子里，种了一棵老树，藤蔓长长的。

后来，我逃走了。我害怕那个地方。

我在街上流浪，无依无靠，只能加入三花会，做了一个最底层的混混，像我们这类人，其实是最没有尊严的，随时可能惨死在街上，连帮忙收尸的都没有。后来遇见了我的师父，他是帮里的双花红棍，收了我做他的徒弟，教我格斗，他还教过我咏春，说学到最后，能打十个。

他说到这儿，突然变得落寞，又说："可惜保护不了一个。"

师父死的那年我十七岁，他退出了帮派，被一辆黑色轿车撞死。所以我想，我永远也不会违抗他们，我只是想让自己活下去。

后来我变得很能打，拿着我的棒球棍，打倒整条街的人。可我知道，我不恨他们中的任何人，我只是害怕。

窗外下着雨，我躺在沙发上，安静地看着天花板。

柳城的天气总是潮热。这夜，我失眠了。

雯雯推开门走了进来，她说："小黑，你不睡觉？"

我说："想事情呢。"

下午的时候，辉哥打来电话，要我把雯雯提前送去三亚。

他说："找到了她的妈妈，钱都在，人已经做了。"

我说："雯雯怎么办？"

他说："别问那么多，下周日把雯雯带来。帮派有帮派的规矩。"

我沉默几秒，应了一声，挂断了电话。

我转过头，就着月光，打量这个女孩。其实她也不是那么让人讨厌了，以后要是生了小孩，长得像她一样，我应该会很开心。

她狐疑地看着我，说："干什么，爱上我了？"

我笑了笑。

她跳到沙发上，坐在我的腿边，对我说："小黑噢，我给你那个花房里的守望者编了个后续。"

她说："要饭的小男孩，在花房里待了一天又一天，后来有一天，有一枝玫瑰花对小男孩说，谢谢你照顾我，我马上要回母星了。"

我说："他种的是玫瑰还是奥特曼啊？"

她说："你听我说完嘛，贱人。小男孩送走了那朵花，可是在它之后，又有好多花走了，一天天的，花房里没有花了。小男孩很伤心，低下头抹眼泪，可是他不知道，从此以后，天上就有了星星。"

她这算在哄我睡觉吗？我想。

我试探地说："晚安？"

她摸了摸我的鼻子，说："晚安，坏蛋。"

她想了想，又笑嘻嘻地对我说："晚安，好蛋。"

07

还有十二天的时间。

我决定陪这个女孩走完最后一程。至少，让她开心点吧。

我亲自下厨做饭。

她吃吐了。

我给她买回来大熊猫玩偶。

她鄙夷地看着我："你今年几岁了。"

我蹲在角落里，感觉人生真是好惆怅。

有一天夜里，她突然对大家说："我们成立一个黑帮吧？"

我说："知道什么叫黑帮吗你。"

她说："天天听你们讲，大概就是，有叶小黑在的帮吧。"

她说："我来做老大。阿宽做双花红棒棒糖，扁扁做泡泡糖糖主。"

我说："我呢？"

"你做吉祥物喽。"

"我日……"

就这样，我们的黑帮成立了，考虑到拜的不是关公，而是一只熊猫玩偶，雯雯还很贴心地把黑帮命名为：熊猫帮。

听着就跟野生动物保护协会似的。

08

我不知道是谁走漏的风声，可能是阿宽，也可能是扁扁。这天我像个大妈一样，拎着菜篮子回到家，就看见雯雯的眼睛肿了，哭肿的。她看见我，跑回了房里。

她已经知道我们要带她去做什么。

我推开她房间的门。

有点出乎我的意料，以前她哭，都躲在被子里，今天她坐在床边，看着自己的脚面。

我说："阿宽都告诉你了？"

她点点头。

我叹了口气，坐在地上。

她说："你把我送去吧，这是你应得的。"

我说："少来了，你不欠我什么，小小年纪装什么大姐大。"

她说："你记不得了吗？五年前，是你冲进我家，把我从刀口下救下来的。"

我想了想，好像是有这么一回事，敌对帮派报复王姐，我还算及时地赶到现场，把王姐和雯雯救了下来。

她说："我那时还是小孩子，怕极了，你冲过来，撞开那人，身上挨了一刀。后来你把他们打倒，身上流着血。你知道吗，我很小的时候我爸就在外面养女人，我妈不管我，只有那天，你给我打开门，让我生命里照进来一些光。"

她伸出手，说："抱抱我好吗，小黑，我害怕。"

我上去抱了抱她，摸了摸她的脑袋。

她抽泣着说："阿宽，阿宽说你决定放我走，一个人去帮派顶罪。我不要你走，你不要打架，你打架会受伤，你记不记得我给你讲的故事，小男孩让那些花走了，它们变成了他的星星，可是那有什么用，星星守望不了他，他也守望不了那些星星。"

我说："雯雯。以后还会有更好的男孩子保护你的。"

她说："为什么不可以是你？"

我说："我会变老。"

她说："那换我保护你。"

我说："你要明白，我这种人不会有什么好下场。无根的人，只适合无牵无挂地走，最后被所有人忘记掉。"

她低低地说："听不懂呢。"

我笑笑，揉了揉她的头发，说："也不是了，你就是我的根呀。我有计划的，等到那天，我去给他们讲童话故事，他们听困了，就睡着了，我再偷偷跑回来找你。"

她说："是真的吗？你不要骗我，我不喜欢你撒谎。"

我说："好的，听帮主大人的。"

这时候，突然有电话响起，我接起来，是辉哥。

他说："后天，三亚，带小女孩过来。"

我没有说话。

他说："你在犹豫什么？"

我说："对不起，您所拨打的号码已关机，sorry，the……"

老实说，那后面英文是什么我自己都记不清。我撂下电话，朝外面喊了一声，阿宽，扁扁，要跑路啦。

拎起雯雯就跑。

09

我的计划是这样，往云南的方向走，一路逃到缅甸，在那里买个新的身份，四个人重新开始。缅甸很乱，足够藏住我们。

可是我没有想到辉哥会来得这么快。

我们甚至没来得及逃出柳城。

在车站附近的一条小巷，辉哥带人堵住了我们。

他说："好久不见了。"

我说："半年了吧。"

他说："把怀里的女孩交给我，你还有机会。"

我从怀里放下了雯雯，摸了摸她的脑袋。

我说："跟着阿宽叔叔还有扁扁叔叔，从后面绕开他们，然后坐火车去缅甸。"

她说："我不走。"

我说："乖，这只是计划里的一部分，忘了吗，一会儿我就给他们讲童话故事。他们一睡着，我就去找你们的。"

她上来抱了抱我。

阿宽抱走了她。

雯雯突然喊了一声："叶小黑。"

我说："干吗？"

她说："我等你回家。"

我点点头，转过身堵在了巷子口。

辉哥很遗憾地摇了摇头，说："叶小黑，你学坏了。"

我说："是啊，开始学雷锋了。"

"今天你是什么立场？想清楚再回答。"

我环顾四周，几十个打手，他们手中的砍刀反着光，堵死了面前的路。

我说："熊猫帮。"

"你的脑袋秀逗了吗？"

打手们冲上来，我站在巷子口，占了地形的优势，只要挡住前面，后面的人就别想过去。缠斗之中，有一把刺刀斜斜地捅过来，扎中了我的肋骨。我死死抓住那人的手，用头骨磕上他的脸，他软绵绵地倒下去了。

快走！我回过头怒吼了一声，阿宽还想冲上来，被扁扁拉住了。我拔出肋下的刺刀，又喊了一句："滚啊！"

阿宽抹了抹眼泪，抱紧雯雯，捂着她的眼睛，三人远远地往外跑去。

辉哥说："不要让小孩跑了。"

有人挥刀去追，我扑了过去，把他打翻在地。再站起来时，打手们已经涌了出来，站了满街。

我拎着棒球棍，一字一句，对他们说："谁敢过来。"

人群为之一滞，人们还没有忘记，双花红棍叶小黑这个五颜六色的名字。

我依稀记得很多年前，师父对我说过，打手欺软怕硬，面对人群的时候，就是任人宰杀的鸭子。

我想，现在的我，应该就很像那只虚张声势的鸭子了吧。

我在人群中厮杀，鲜血迷住了眼，背上中了几刀，胸口也有。也不是很痛了，就是感觉自己好像迷了路。

多少年，没有这种感觉了？我明明是一个没有家的人。后来，我想，谁说我没有家，雯雯，不就是在家里面等我吗。

天上下了雨，我像一口破麻袋一样，瘫倒在地上。

辉哥说："追上他们。"

我伸出手，抓住了辉哥的脚。有人上来踩我，我死死箍着不放。

辉哥蹲了下来。

大雨从天而降，他俯视着我。

他说："我真的想不明白，怎么搞的，会变成今天这样。"

我说："我也想不明白啊。"

我说："辉哥，我给你讲个童话吧。很久以前。有一个要饭的小男孩，他什么都没有，一天天地等着自己饿死。他来到一个花房，里面有好多花啊，他说，他要做花房里的守望者。可是他送走了那些花，这才发现，原来自己什么都守望不了，他很难受，可是他不知道啊，从此以后，天上就有了星星。"

从此以后，天上就有了星星。

远处传来了火车的轰鸣。雯雯已经上车了。

有人走上来，递给了辉哥我那根棒球棍。

妈的，我想，这也太他妈死得其所了，做了一辈子坏人，因为学雷锋死在今天，死在自己的凶器手上。

回顾我这一生，黑色，干涸，像是一片焦土。我想，雯雯啊，你知不知道，如果不是你给我一个家，今天我在这里死掉，该是有多开心。

叔叔不怪你哦，叔叔，很蠢，一直没来得及告诉你，你，就是我生命里，唯一流动过的河。

叔叔没有输，叔叔可是熊猫帮的啊。

棒球棍一上一下，世界开始变得昏暗。

天上的雨温温的。

我知道我没有被谁遗忘，

我知道在我转身的时候，

有一个女孩喊了我的名字。

她还在等我回家。

我是叶小黑，

是一个有家的人。

是一个有过星空的，

花房里的守望者。

我们都在秋天的时候
悄悄约会

01

自习课上，小白兔翻开课本。当他看见那个函数组的时候，他发现自己突然看懂了它的孤独。

它的图形就是个屁股。

小白兔想：它的左半边和右半边，永远只能隔着 Y 轴遥遥相望。这就像是一条银河，把它分割成了两片孤独的屁股。

小白兔把他的想法和他的同桌分享，他的同桌沉默了两秒。

同桌说："叶小兔，你真这么想？"

小白兔说："是的。"

同桌说："你是我见过的第一个，把函数看成屁股的人。"

小白兔说："你的重点是这个？"

他拍拍小白兔的肩膀，说："重点在你身后的女人。"

小白兔回过头，班主任正面带微笑地看着他。

班主任说："你现在，立刻，马上，给我滚到走廊上。"

那一年，小白兔念高一，擅长把函数看成屁股，以及把屁股看成函数。如果仅仅是后者，小白兔大概会是一个优秀的学生。很可惜，漫长的求学生涯，他非但没能好好学习，还成功地在走廊上开辟了第二课堂。

教室里，同学们念着书。小白兔站在走廊上，发呆看天空。

这时"吱呀"一声，门被推开，从隔壁教室走出来一个女生。她找了个位置，姿态挺拔地站着。

小白兔打了个招呼："同学，你也出来思考人生呀？"

那是只燕子，她岿然不动，高冷地没有说话。

小白兔是一个执着的男人，他坚定地认为，只要脸皮够厚，全世界都可以很投缘。他锲而不舍地问她："同学，你知道孟德斯鸠吗？"

见那女生不说话，他自顾自地说："孟德斯鸠一直有一个梦想，他想培育豌豆射手。虽然没成功，还强迫豌豆们乱伦，但最后还是成功地占了八分高考题。"

女生嘴角动了一下。

小白兔精神抖擞，继续说："牛顿，伟大的爱国诗人。他晚年研究神学去了，就是想知道，那年是哪个王八蛋往他头上砸苹果。"

女生终于笑了笑，小白兔满怀期待地看着她，她转过头。一瞬间，小白兔肝胆俱裂，就看见那女生脸上的表情，一点，一点，一点地冷了回去。

小白兔心想，这姐姐，日后势必是个大人物啊。

02

下课铃响了，小白兔回到教室，同桌在看报纸。

小白兔说："你太不厚道了啊。"

同桌说："奥巴马当选美国总统了。"

小白兔说："哦，是吗？"

同桌："是个黑人。"

小白兔说："这位黑人总统跟你出卖我有什么关系吗？"

同桌说："曾经我是一个有种族歧视的人，今天，我发现我错了，好学生，坏学生，都是学生，不应该放弃任何一个人。"

小白兔说："废话。"

同桌说："所以我决定，要改造你做一个优秀的学生。一个脱离低级趣味的人，一个不旷课、不迟到，热爱学习，上课不开小差的人。"

小白兔震惊了。

那段时间，同桌频频出卖小白兔，小白兔于是频频被老师赶到走廊上罚站。世界充满巧合，每当小白兔惆怅地站在走廊上，隔壁班的那个女生也在外面亭亭玉立地罚站。

小白兔闲得没事，就找她说话。他说："你知道吗，奥巴马当美国总统了。"

小白兔说："奥巴马是澳洲的一种斑马。"

小白兔说："所以种族歧视是不对的。"

小白兔转身抠墙皮："所以我就被赶出来罚站了。资本主义好坏哦。"

那女生笑笑，又恢复到先前的表情——也就是没有表情。

小白兔很不解，问她："同学，你怎么都不说话的呢？"

女生依然没有说话。

小白兔闷闷不乐地想，大概这女生以后要从政的吧。

小白兔突然光芒万丈，又想，一人得道，鸡犬升天，搞不好，她让我当男秘书呢？嘿嘿，嘿嘿。

小白兔说："首长，日后一定要记得提拔我呀。"

那女生一脸大写的问号。

03

小白兔花费三顿早餐，从隔壁班的朋友那里打听到，这姑娘一向不爱和人说话。罚站的原因就颇有骨气了，老师点名让她答题，她死都不答。外加化学实验课上，搞炸了很多根玻璃试管。

小白兔说："炸了几根啊？"

朋友说："还剩一根。"

小白兔心悦诚服。

小白兔后来算了一笔账，自己每天都要在外面站上一节课，那女生有时出来，有时不出来。平均算下来，他们每隔两到三天，就要在走廊外面见一次面。

小白兔说："我们这算是露水情缘吧？"

女生没说话。

小白兔说："哦，不对。露水情缘是同床，我们是同桌。"

女生瞪他一眼。

168

时间一长，小白兔也习惯了，不说话就不说话吧，这年头的莘莘学子，谁还没一两个怪癖呀。小白兔天马行空，想象着这个女生的未来。在他的脑内小剧场里，自己和她上演过宫廷剧，武媚娘那个；上演过穿越剧，女儿国那个；上演过总裁剧，霸道希拉里爱上我那个……

终于有一天，小白兔叹口气，说："我想做个大人物，却永远只是个小动物。不过，我也想通啦，小动物就小动物吧。你是个成大事的人，将来肯定会特别厉害，记得来看看我就好，就当作探望老乡呗。最好不要带太多记者，我怯场。"

小白兔说呀说的，都说到那女生为民申冤，二十年后光荣退休上去了。

小白兔回过神，才发现女生聚精会神地听着。

小白兔说："哎，我们这算革命友谊吧？"

女生点点头。

小白兔想了想，说："你以后要是非想和我结婚，也不是不行。不过我多半是贫下中农，嫁妆给我算便宜一点吧，首长。"

女生又别过头去了。

04

那一年，班主任在办公室里看报纸。奥巴马公布了全新的社保政策，中国人均 GDP 飞速上涨，残奥会顺利举行。

在遥远的大西北，一名被罚站的学生，掏出一把菜刀，砍了班主任十八刀。

班主任找到小白兔。班主任诚恳地对他说："我错了。"

小白兔说："怎么了？"

班主任说："我不该天天罚你出去站着。这一定给你带来了很不好的影响吧？"

小白兔说："没有呀。"

班主任几乎要哭了："你看，你都学会欺骗自己了。"

就这样，莫名其妙地，小白兔不用罚站了。上课时间，小白兔坐在教室里发呆。他试图和同桌聊国家大事，一个人表演单口相声。班主任却永远用赞许的目光望着他，即便做得过火，班主任也只是温柔地摸摸他的脑袋，说："来，今天一天，你站着上课。"

小白兔说："老师，我好想去走廊上罚站啊。"

班主任说："不，不能这样，你不能放弃自己！"

那一刻，小白兔仿佛看见一个叫窦娥的女人，她跪在冰天雪地里，仰望着天空，发出绝望的哀号。

小白兔有时会往窗外看去，那个女生和以前一样，依旧沉默地站在教室门口。只不过，从此以后，少了一个死不要脸的男生在边上跟她构思美好未来了。

她心里是不是在骂他呢？小白兔，你这个浓眉大眼的，没想到也背叛了革命。

05

小白兔很苦恼，他背着书包，走在回家的路上。路过一家家电超市门口的时候，他看见电视里正播放着残奥会的开幕式，一名轮椅上的小女孩在跳芭蕾。

小白兔眼前一亮。

第二天，教室里，小白兔跳着舞，同学们纷纷鼓掌叫好。

班主任走进教室，大吼道："小白兔，给我从桌上下来。"

班主任彻底地愤怒了。

小白兔用饱含深情的目光望着他，自己终于要被赶出去罚站了吗？

班主任拿出手机，说："喂，是小白兔的父亲吗？麻烦您来学校一趟。"

那一刻，小白兔仿佛看见了一个叫作屈原的男人，他跪在汨罗江边上，发出了绝望的哀号。

06

小白兔被班主任拎进办公室。

他抬起头，发出一句："哇。"

那女生也在办公室里，正挨隔壁班主任的训。

小白兔心想：首长，可以呀，您可真够与时俱进的呀。

班主任坐到椅子上，说："看什么呢，过去，一边站好。"

小白兔自觉地以一个熟悉的姿势，和女生呈水平线站着。

爸爸匆匆赶到，他扫了一眼办公室，看见自己的儿子，一个外表可爱的女生，以及两位神情肃穆的老师。这位人父马上明白是什么情况了。

他上去一脚踢飞小白兔，大声说："我让你早恋。"

班主任连忙抓住他的手，说："误会了，误会了，小白兔同学上课跳舞来的。"

爸爸松了口气，说："你们学校还开了舞蹈课啊？"

班主任说："数学课。"

他爸又把小白兔踢飞了。

小白兔看了看女生，她正好奇地望向这里。小白兔心里不禁一阵委屈，心想：为你做了这么多事，现在连个话都不讲，太不够义气了吧你，白瞎我们这么久的革命友谊了。

他越想越气，站了起来，大声说："够了！"

老师们震住了，爸爸震住了，女生震住了。

小白兔摔门而去。

离开前，他回过头，狠狠看了她一眼。

07

摔门很爽。

被罚跑操场也很爽。当小白兔跑满二十圈，浑身散架似的倒在地上的时候，他突然明白了一个道理：世间万物，都是守恒的。此一时爽，后一时惨；此一时冲动，后一时必定蛋疼。

小白兔爬起来，拍拍身上的灰，筋疲力尽地往教学楼走去。他抬起头看了一眼，落日的照耀下，走廊空空如也。

小白兔感觉心里有点堵。原来那些站在一起的时间里，都是自己一个人在逢场作戏。他知道，那些幻想其实都挺蠢的，跟个小孩子似的。然而他没有想到，长大来得这么快。

有一点突然。

08

小白兔变了，他热爱学习，上课认真听讲。答不上老师的提问，就自觉地顶着书本，滚去角落里站着。

同桌很感动，他以前总担心小白兔其实是个智障。现在看来，九年义务教育，成功治愈了这只兔子。

但他同时也发现，小白兔变成了一个诗人。他总是落寞地望着窗外，偶尔还发出一声叹息。

同桌看了看窗外，什么都没有。

好吧，更像一个诗人了。

小白兔后来还是想通了，那天自己摔门暴走，属于无理取闹。包括他的想象啦，跳舞啦，所谓的做过的那么多事情啦，和那个女生又有什么关系呢？毛主席那句话说得多好，一切不以结婚为目的的恋爱都是耍流氓，都是死不要脸。毛爷爷诚不欺他也。

小白兔想：我现在也是大人啦。

小白兔又想：想想我们的青春，还挺可笑的。可笑的是多情，更可笑的是自作多情。

小白兔还想：就是有点怀念，走廊上的天空。

09

不知不觉中，十一月底了，深秋时节，小城的气温变得越来越低。

班主任也在不知不觉当中，遗忘了那个大西北新闻。某一天，不知什么原因，班主任对小白兔说："你给我上外面站着去。"

173

小白兔于是再度站在走廊上。他往另一边望去，一眼望见了走廊的尽头。

走廊上空空如也，小白兔恍如隔世。

那个下午小白兔就站在那里，百无聊赖地望着天空。他想了很多乱七八糟的问题。自己为什么总被罚呢？自己以后，考得上大学吗？考上大学后，自己又要去做什么呢？

后来，小白兔蹑手蹑脚，走到隔壁教室，趴在窗户上，偷看他们上课。老师的嗓门很大，同学们聚精会神。似乎在这所学校里，自始至终，小白兔都是那个局外人。

小白兔未免有些难过，他低下脑袋，却看见了一双熟悉的眼睛。

那个女生。

他们直直地对视。

小白兔想逃，她伸出手，放在了窗户上。

过了一会儿，递出来一张字条：

等我一会儿，我出来找你。

10

阳光白云，走廊上，两个人罚着站。

小白兔说："嘿嘿，嘿嘿。"

女生没说话。

小白兔说："你就不疑惑我为什么笑吗？"

女生摇头。

小白兔说："哦，这熟悉的冷漠。"

小白兔想了想，又说："首长。"

小白兔说："以后我们好好学习。"

小白兔说："一起考个好大学吧。"

白云悠悠。阳光下面，那女生笑了笑，小白兔笑了笑。他们靠在墙上，倚靠着一整个教学楼，还有全校师生之外的那个小世界。

Chapter 04

爱冷淡

我喜欢叶小白，叶小
白喜欢我，所以我们
谈了恋爱。我们做过
的事是因为喜欢，没
有做过的事是因为我
们只是喜欢。

爱
冷 淡

01

高二那年，我与一个叫郑晓燕的女生协议分手。这段感情的症结在于，我和郑晓燕早恋是对的，因为我们填补了对方的生活；但被班主任发现我们早恋是错的，因为我们违反了校规。出于以上原因，我们的感情出现了危机。

我的班主任是个善解人意的人，他给了我们一个协议分手的机会。但是作为惩罚，我要在课堂上朗读这份协议。起初我是这么写的：

我和郑晓燕同学的早恋，问题在我的身上，我为了排解寂寞而与郑晓燕同学谈恋爱。我自觉对不起学校和老师对我的栽培。鉴于此，我决定与郑晓燕同学一刀两断，2010 年 3 月，叶小白惭作。

第二天的班会课前，我对郑晓燕说："下课以后，我们就分手了。"

郑晓燕显得很平静："那就这样吧。"

02

我现在回忆起我和郑晓燕的关系。两个人并没有太深的感情基础，反而有点像是相亲。郑晓燕长得不算难看，成绩也不算太差。我虽然平时吊儿郎当的，偶尔也知道要收拾一下，加上在班里长时间担任英语课代表。两人门当户对，就在一起了。

在一起后，我们的感情十分平淡，我有时候给郑晓燕讲解阅读理解，郑晓燕有时教我物理，至于言情小说上的种种，我动过脑筋，但都被郑晓燕以我们年纪还小为理由拒绝了。就这么维持了三个月，我们的成绩都有所提高，我却陷入了纠结：我他妈究竟是谈了一场恋爱，还是办了一个学习互助小组？

郑晓燕得知了我的苦恼，却没有太多表示。她说："每个人都想在爱情里得到一些东西。你已经得到了成绩，难道还不够吗？"这让我开始怀疑，郑晓燕其实是个……是个什么呢？性冷淡吗，不不不，爱冷淡更准确一点。

就这么着，当我做好了和这个爱冷淡 say good bye 的准备的时候，班主任突然把我叫到办公室，他说，他看过了我写的协议，写得还可以。但是要注意几个问题：分手是分手，但不要随意抹黑，仅仅把自己描述成一个感情骗子，却没有对早恋问题的清醒认识，这样的反省毫无力度。你拿回去，按要求改好，下周在班会课上念。

下课后，我找到郑晓燕。我说："分手协议要改，我们又不能分手了。"

郑晓燕说："哦，那好吧。"

03

按理来说，我和郑晓燕把恋爱谈成这个样子，实在是失败。可问题在于，我们都把恋爱谈成这个样子了，还会被班主任发现。我差不多要给我的班主任跪了。

被班主任抓到那次，是一天下了晚自习，我和郑晓燕走在回家的路上。她刚看完一本《手相图解大全》，抓着我的手，非常认真地说，你的生命线很短，很可能五十五岁就死掉。我觉得很神奇，就让她看看我的感情线。她说，后半截和生命线平行，再往后分叉了，这说明你老年会出轨。我想了一下，只活到五十五岁还出轨的我，大概是被老婆给削了吧。

我说："前半截呢？"

郑晓燕说："前半截乱七八糟，看不出来。"

我将信将疑，拿过郑晓燕的手说："让我看看你的。"

郑晓燕挣扎了一下，放弃了。

我摸索着说："这条是感情线吗？"

郑晓燕说："你这是在把脉。"

班主任说："你这是在把妹。"

从一旁无声无息冒出来的班主任把我俩吓得人仰马翻。

04

那一年的初春，随着分手协议的被驳回，我蛋疼地意识到，虽然我已经厌倦了，但在分手协议写好之前，我还得和郑晓燕在一起。而且，为了把协议写好，我还得让这段感情像那么回事，由此达到对早恋的"清醒认识"。总之，若我们还像以前那样随意地对待感情，是不能好好分手的。

就这样，我们这个学助小组又有声有色地办了下去。有时候我和郑晓燕坐在一起，桌子上摆着一份课后作业。我看着她，她看着我。我喂给她一块巧克力，她喂给我一块巧克力。我问她："怎么样，有罪恶感了吗你？"她说："别的不知道，甜倒是挺甜的。"我若有所思，在素材本上写：早恋是很甜蜜的一件事。

但是偶尔也有例外，我突发奇想，摸了一把她的脸，她迅速地在我手上捏了一把。我说："疼。"她说："疼死你。"于是我惊奇地发现我的素材本上又出现了这么一句话：早恋是很疼的。

经过深思熟虑，我的第二份分手协议是这样写的——

我和郑晓燕的早恋，问题出在两个人身上，我们没有耐得住寂寞，一味地贪图恋爱的甜蜜。我们在无知的年纪爱上对方，殊不知，没有物质基础的爱情，就像一盘散沙，不用风吹，走两步就散了。这最终只会招来我们的痛苦。长痛不如短痛，鉴于此，我们决定早聚早散。2010年3月，叶小白惭作。

写好以后，我拿给郑晓燕看。郑晓燕说："我觉得还行。"

郑晓燕说："这次能通过吗？"

我说："应该行。"

班主任说："不行。"

我站在办公室里，班主任坐在椅子上，他说："当然，进步是有的，和上次相比，你认清了早恋的本质，虽然那个比方看着有点眼熟。但是你发现没有，你两次都不够具体，仅仅是反省并不够，你得让自己有所依据地反省。"

我从办公室出来，郑晓燕在走廊的尽头等着我。她满怀期待地问我："我们可以分手了吗？"

我蛋都要碎了，我说："还要改，再等等吧。"

05

令我、我的班主任、郑晓燕都没有想到的是，我的分手协议还没有写好，下节课班会就被学校改成了年段大会。

周五的时候，班主任找到我，询问我的进度。他说："亲爱的叶小白同学，你早恋的事，段长已经知道了，他看过了你之前写的内容，觉得你是一个很好的典型。既教育了同学们不要早恋，又展现了学校在处理方式上的人道主义精神。因此我们决定，让你在下周的段会上念那份分手协议。"

我一边骂娘一边找来郑晓燕。周日的清晨，我出现在郑晓燕家的小区里。

郑晓燕家的小区附近种了一些香樟树，建筑像是苏联时期遗留下来的，又灰又厚重。郑晓燕住在三楼，我在楼下喊了两声，她推开窗，让我别喊了，自己上来吧。

到了屋子里我才发现，郑晓燕家有一种煤炉特有的味道，和郑晓燕身上的味道一点也不一样。客厅的墙上挂着一张黑白照片，上面是一对年轻的夫妇。

我说："那是你爸妈吧，不在家？"

郑晓燕说："我和我奶奶一起住。"

我说："你奶奶呢？"

郑晓燕说："出去了，你最好在她回来之前走。"

我说："那她老人家几点回来？"

郑晓燕看了看手表说："你还有一个半小时。"

我说："你爸妈在外地工作吗？"

郑晓燕让我赶紧进房间去。她说："你不要问这么多。"

郑晓燕的桌上铺着一张草稿纸，她坐上椅子，抓着笔，窸窸窣窣地起了个头。

尊敬的各位领导，各位老师，各位同学，感谢大家能在百忙之中，聆听我和郑晓燕同学的分手协议书。

我很感谢学校，能让我有机会，以这样和平的方式，结束我在这个叛逆年纪所犯下的错误。

我站在一边看着，摸着下巴说："写得是很正式了，可这不像我会说的话吧。"

郑晓燕白了我一眼，说："我就想到这么多，剩下的你想。"

我说："我总结了一下老师的意思啊，要认清早恋的本质，要深刻反省自己的错误，还要有具体的事例。"

郑晓燕说："关键我们没有呀。"

必须承认，郑晓燕说了一句大实话，相恋这么久以来，不要说亲嘴了，我们连手都没有牵过。但这不妨碍我瞎编。我说："你就写，在某年某月，我牵了你的手，我抱了你，我亲了你。对了，还得往坏了写。"

郑晓燕在协议上写：2009年11月，秋天，落叶铺满了学校的小道，我和郑晓燕同学走在小道上，我们刚刚讨论了物理学史上的黑云，以及相对论的左边是否应该开根号等问题。郑晓燕的脸色泛红，我也感觉自己好热，我突然色胆横生，就握住了郑晓燕的手，哦，我的上帝，我感觉……

郑晓燕愣了愣，抬头问我："牵手是什么感觉？"

我说："我也没牵过呀。"

郑晓燕顺势把手伸给了我，我十指相扣地握了握。郑晓燕说："怎么样？"

我想了想说："软软的，温温的，像刚从怀里拿出来的手帕。"

郑晓燕好奇地摸了摸自己的手，说："我自己摸怎么都没感觉呢。"

我说："赶紧写吧姐姐，别让你奶奶回来看见当成供认状了，那才是跳进黄河都洗不清。"

郑晓燕接着写：

……她的手十分温软，就像刚从怀里拿出来的手帕。我问郑晓燕会不会介意，郑晓燕说："没事，像这种违反校规第二十条不允许男女同学牵手的事，我从来都不怕。"我说："对！我们不光要违反第二十条，我们还要违反第二十一条、第二十二条、第二十三条！"于是我上前一步，用力抱住了郑晓燕，然后亲了亲郑晓燕，还摸了摸郑晓燕的耳垂，她的身上……

郑晓燕挠了挠脑袋，手里的笔停顿了一下，这次不等郑晓燕说话，我上去抱住了郑晓燕。

郑晓燕明显地浑身一颤，她轻轻地推了我一下，没有推开，就转过头看着我，我也看着她，然后她闭上眼睛，我以为她要我亲她，可是她声音很低地说："你不要亲我好不好。"

我悻悻地松手，说："你身上有股水果橡皮擦的味道，不难闻，挺香的。就是穿得有点多，抱了没什么感觉。"说着我摸了一下她的耳垂。

郑晓燕有一丝慌乱，但很快恢复了平静，她把脸颊旁的几丝鬓发别到脑后。说实话，我挺气馁的。我仰躺在她的床上，看着房间的天花板。郑晓燕一边写着字，一边对我说："叶小白，我不讨厌你。"

我说："我知道。"

她说："不让你亲，也不是因为不喜欢你。"

我说："哦。"

她说："以后我会告诉你。"

我突然有些忧伤，但我说不出理由。如果仅仅是被拒绝，还不足以至此，现在想来，也许是她心底紧锁的门让我沮丧。

房间里安静了一会儿，我感觉自己快要睡着了。后来，她问我，明天那么多人，会不会害怕。

我说："可能吧，万一紧张到话都说不出来，就太尴尬了。"

她说："你可以把台下的人想象成南瓜。"

我说："面对着那么多南瓜，也够呛。"

她说："那就只看我。"

我说："好的南瓜。"

她家的钟嘀嘀嗒嗒地走，我也不清楚自己睡着没有，最后是郑晓燕推了推我，说她奶奶快回来了，我迅速地下了床，拿上纸笔离开她家。

走的时候我抬头看了一眼她家窗户，她对我挥手，张了张嘴，口型是西瓜。

06

不知是不是错觉，开段会那天，似乎半个学校的人都来了。

一系列领导发言完后，我被请到了台上，我寻找了一下郑晓燕，她坐在角落里，眼睛穿过人群望着我。

我翻开准备好的稿子，大声地念道——

尊敬的各位领导，各位老师，各位同学，感谢大家能在百忙之中，聆听我和郑晓燕同学的分手协议书。

我很感谢学校，能让我有机会，以这样和平的方式，结束我在这个叛逆年纪所犯下的错误。

2009 年 11 月，我和郑晓燕在空荡的教室里，我问郑晓燕借半块橡皮，她说，我送你一块吧。一起走出教室后，我们在操场附近的小道上散步。当时是秋天了，落叶和晚霞一起落下来，走在我身边的郑晓燕像是扑了一层金粉，煞是可爱。我色胆横生，就对她说，我决定违反校规第二十条不允许男女学生牵手的规定。然后我牵了她的手，她用力地抗拒，这激怒了我，于是我决定，继续违反校规第二十一条、第二十二条，以及第二十三条。

我抱了、亲了郑晓燕，也摸了摸郑晓燕的耳垂。正当我疑惑第二十四条规定了什么的时候，我突然意识到，学校是绝对不允许早恋的。于是我说，嘿，这位同学，你还没成年吧？郑晓燕梨花带雨地说，我没有啊。我说，那么，我就要强迫你和我谈恋爱。

就这样，我和郑晓燕早恋了。

事后，经过班主任的制止和教育，我明白了自己所犯的错误。我为了排解自己的寂寞，强迫郑晓燕同学接受我，却忽略了自己和郑晓燕还是学生一事。我这样的感情，既不成熟，也不合校规。鉴于此，我决定与郑晓燕同学正式分手，2010年4月，叶小白惭作。

我抬起头，扫了一眼郑晓燕，她正吃惊地望着我，眼睛瞪得大大的。我快乐地想：没想到吧郑晓燕，就这么被我摆了一道。

07

段会那天我的发言，激怒了两个人。

一个是郑晓燕，一个是校长。

这次居然不是班主任，我和班主任自己都颇感意外。班主任向我传达了校长的意思，下周一有个升旗仪式，届时全校师生齐聚一堂，聆听叶小白同学的分手协议。

据班主任说，我的稿子虽然言过其实了一点，但态度诚恳，总的来说，其实是合格的。不幸的是那天段会校长也在，他没有了解前因后果，只听到了我手里的那一份。他勃然大怒，认定我是清流一中建校以来最大的败类。幸运的是经过段长的解释，校长不再愤怒。不幸的是经过段长的解释，校长很高兴地意识到我是一个很好的典型。

郑晓燕来找我。她质问我，最后为什么改掉了分手协议。

我说："你那份我弄丢了，临上台我临时写的。"

她说："叶小白，你不要说谎话。"

我说："好的吧，其实是落在我家里了。"

她说："不说算了，贱人。"

她转身就要走，我拉住了她的辫子。她回过头，捂着脑袋，狠狠地看着我。

我说："我后来重新读了一遍，觉得不好，就改了。你是女生，和我们男生不一样。我们是耍流氓都很光荣，你就算了。"

我说："就这样吧。分手协议已经定下来了，下周一我还要在全校师生面前念一次。"

我说："这次可是真分手了。"

郑晓燕没有说话，她瞪了我一眼，转过头大步地走了。

08

我最终没有到台上去演讲那份分手协议。在那个周一，当校长让我上台的时候，郑晓燕带着她新写的那份分手协议走上了演讲台。听完了她讲的内容后，校长没有再让我上台，班主任也不再提起此事。

然后那一年的春天就结束了。郑晓燕跟着她离异的母亲，去到市里念书。她离开了清流，离开了清流一中，离开了她的奶奶，也离开了她的矬逼小男朋友。我最后一次在校园里见到她，头发没有扎起，垂下来披在肩上，表情一如既往地平静。

我说："就要离开我，你应该感到开心。"

郑晓燕没有和我抬杠，她直截了当地说，一直以来，她都不讨厌我，只是有时候我故意要做出让人讨厌的举动。她不知道，这究竟是我天性使然，还是我的自我保护。她有时很反感我的自作聪明，比如自比矬逼，以为这样就能不那么愚蠢；比如我自作主张，大包大揽，以为这样很酷。可有时她又会觉得这样自以为是的我很可爱，像一只龇牙咧嘴的小土狗。只是以后，如果我一定要自暴自弃地形容自己很矬，倒不如把自己比作田园犬。最后，她对我说："我要谢谢你，可你也要感谢我，所以我们各不相欠，就此两结。"

她没有说再见。她说，byebye，我的英语课代表。

这之后，郑晓燕就走了。

郑晓燕并没有说错，我确实要感谢她。回到那一天的升旗仪式，红旗招展，白云流动，我站在人群之中，像是一条遭人驱赶、惊慌失措的乡村田园犬。她突然走到台前，大声朗诵了她与我的分手协议——

我喜欢叶小白，叶小白喜欢我，所以我们谈了恋爱。我们做过的事是因为喜欢，没有做过的事是因为我们只是喜欢。现在我要和叶小白协议分手，是因为我们太年轻。我们所做过的错事，仅仅是这件事情而已。

你 们 没 有 去
同 一 片 星 空

01

高一时，黄巧巧在我的生物书上面写：傻。

我很生气，在后面回复：我不傻。

我同桌看到了，跟了个帖：才怪。

我怒不可遏，在下面写：我不傻不傻不傻不傻句号句号句号。

02

黄巧巧是一把"要你命三千"。

故事始于 2004 年。那年我们念小学，因为我也不知道的什么原因，我考了连续八次全班倒一。我的班主任对我绝望了，他指着黄巧巧的位置说："叶小白，你滚到黄巧巧前面去坐。"

班主任说："巧巧，他就交给你了。"

黄巧巧站起来，郑重地说："老师，帮助后进生，是我们应尽的义务。我会努力让叶小白重新做人的。"

而此时的我正坐在位置上，仰头看着这个郑重其事的女生，她拖着两条鼻涕。不过我没有什么好嘲笑人家的，因为我也拖着两条鼻涕。相反，我心中窃喜，我觉得这一次，自己终于能抄到全班成绩最好的同学的作业了。由此可见，我从小就没什么出息。

　　和我的预料完全相反，黄巧巧非但不给我作业抄，她还强迫我写作业。一开始，她每天早上都问我，昨天的作业写了吗？我感觉真是心好累，作业不给抄就算了，还要听她瞎说。后来，她每天下课都抓着我，要我当着她的面把作业做完。我烦不胜烦，一下课就跑去操场弹玻璃珠。但这基本无济于事，黄巧巧还是能准确地出现在我身边，揪着我的耳朵一路走回教室。有时抓不到我，她就站在走廊上，冲着操场大喊："叶小白，快回来写作业啦——"

　　这种时候，小伙伴们就会不怀好意地对我说："你小老婆又喊你了。"

　　时间久了，我自己都觉得没意思，干脆从了这个女人。我发现黄巧巧虽然烦人了一点，当老师还是有点天赋的。那些我怎么也算不来的应用题，不管是用讲解还是用拳头，她总有办法让我明白。

　　我问黄巧巧："你就这么喜欢和我过不去吗？"

　　我以为黄巧巧会像那天，说什么这是她的义务。可那天她勃然大怒，狠狠地掐我的胳膊。我非常不解，一句话而已，有必要生气成这样吗她。可是她也说不上理由，只是说，你再说这种话，我就不带你了。我哼哼，心想，就要气死你，不带我更好。想完我继续哼哼。

　　有天早上，吃完早饭后，我爸突然问我，现在是不是坐在黄巧巧前面？

　　我说："是呀。怎么？"

爸爸说："她是我们家亲戚。"

我说："什么？她竟是我的妹妹？"

爸爸说："不，她是我妹妹。"

我顿时如晴天霹雳。原来黄巧巧是我的姑姑，她的老妈和我奶奶平辈，而她和我老爹平辈，这辈分到底是怎么算的，我和黄巧巧至今也没弄明白。不过我们两家是表亲，这是流淌在我们血液里的证据。

我急匆匆地跑去学校，想要把这个消息告诉我的姑姑。却见到一群男生围着她，大声地嘲笑她，小老婆、小媳妇。

我沉着脸，准备冲上去。却见到黄巧巧沉默不语地站起来，挥起椅子，一把砸到了带头男生的脸上。我和那群男生大骇，被砸的那男生愣了几秒才反应过来，号啕大哭。

班主任匆匆赶到教室，他扫视了一下现场，冷冷地说："你越来越不像话了。叶小白，放学叫你家长来一趟。"

我再一次晴天霹雳。我从来没有想过，旁个观而已，居然还要被请家长。当事人双方也都傻了，大家一起目送着老师怒气冲天地离去。

男生们怪不好意思的，都说，委屈你了。但是为了保全我们和你的小老婆，你就把这口黑锅背到底吧。

我捂着胸口，感觉自己幼小的心灵受到了极大的伤害。

黄巧巧过来摸了摸我的脑袋，她说："你可以把实情告诉老师。"

我怪声怪气地说："不要紧。帮助你们上进生，是我们后进生应尽的义务。"

我原以为她会像上次一样勃然大怒，或是挥舞椅子，也砸在我的脸上。结果她低下头，说："谢谢你了。"我看着她，觉得自己真是搞不懂这个女人。我这样想，发现自己其实也并不是真的就那么想气死她。我想，算了吧，至少她低头道谢的时候，还蛮可爱的。何况半个小时前，她还变成了我的姑姑。

03

我曾用一句话来形容黄巧巧：这个女人，是我的一道伤疤。

读初中以后，还是因为我也不知道是什么的原因，我的成绩从班级倒数，变成了年段倒数。我的爸爸非常痛苦，所以他让我也非常痛苦。每次拿到成绩单，我家的小区都会传出我的惨叫。我爸在家暴之后，最常说的一句话说是：你就不能和黄巧巧学学吗？

彼时黄巧巧年段第一。她的父亲多次出现在家长会上，向列位人父讲述"我的女儿黄巧巧"，"黄巧巧学习要领八十条"，等等。对我的爸爸而言，那个站在讲台上发言的黄巧巧她爸就是他的一个梦，一个可望而不可即的梦。其实于我而言何尝不是如此，只不过黄巧巧在变成我的梦的同时，也让我体会到了什么叫青春期的伤痛。

那个时候的我是倔强的，我爸给我买回来一套《中考课课练》，从初一到初三，从语文到生物，整整五十多本，全买齐了。意思是让我从初一开始备战中考。然而这些书我非但不看，还筹备着拿去卖掉换几个Q币。

我爸对我终于是绝望了。他说，以后每个周日你去黄巧巧家，我联系好了，让她带着你吧。

现在每当我回忆到这里，都会觉得非常神奇。为什么每次大人们对我绝望，他们都要把我丢给黄巧巧？难道这就是宿命的安排吗？后来想想，这个说法未免太过自恋。那一年的我不过是个让人失望的痞子。丢弃就只是丢弃，和宿命没关系。

黄巧巧就是在这时拾起了我。她拍了拍我的脑袋，像是拍掉我脸上的灰尘。

她说："放心吧，姑姑不会放弃你的。"

我在黄巧巧家度过了很多个周日。在此之前，我的周日主要用来睡懒觉，平时还好，如果星期天还不让我睡到十二点，我会觉得精神家园都要崩塌了。有一回，我实在困得不行，就对黄巧巧说："让我在你床上睡一会儿，好不好？就一会儿。"黄巧巧犹豫了一下，同意了。

于是我快乐地脱下了鞋子和衣服，钻进黄巧巧的被子里，还非常烧包地拍了拍枕头，问她，要不要一起睡呀。黄巧巧转过头，说："去死吧你。"我嘿嘿两声，缩进被子里，渐渐入睡。

我至今都记不清楚，那天我在黄巧巧家睡了多久，只记得醒来时，黄巧巧拉上了窗帘。她坐在床边的椅子上，低着头写字。日光透过窗帘，变成了昏暗的橙色。我头昏脑涨，仿佛刚经历了一个无比冗长的噩梦。我看着她的背影，叫了声："巧巧。"

她转过头，脸上的笑意尚未来得及褪去。

我说："你在笑什么？"

她说："没什么。写日记呢。"

我坐了起来，脑袋依然是昏沉沉的。我突然发现黄巧巧的房间里有一种淡淡的香气，被子上也有，我闻了闻自己，我的身上好像也有了这种味道。我低着头想：这样一来，我的身上就都是黄巧巧的味道了。

我说："巧巧，你知道吗，刚才我以为你是我的妈妈。"

她很老实，说："那你赶紧起来做题吧，我的儿子。"

04

　　我和黄巧巧是不能在一起的，但我们几乎总是在一起。我知道，这个说法有点荒谬。

　　高中毕业的那个夏天，我无所事事，除了宅在家里打游戏，就是去找黄巧巧玩。那时我的前女友离开我，去了大城市念书，另外一位女性好友于小小，因为受不了我有太多女性好友，把我凶了一顿，和我彻底闹崩。我好像是又被人丢弃了一样，灰头土脸地跑到黄巧巧那里，希望她能把我捡起来。

　　我天真地以为，黄巧巧永远都会在那里，等我混到狼狈不堪，就可以跑过去找她。哪怕再多次也好，她就在那里，就站在我的身后。

　　她陪着我打发着那个夏天。我们去 KTV，去喝同学的升学酒，手牵着手在河岸上走。全清流都知道她是我姑姑，被她老爸看到了也只是咕哝一声姑侄感情真好，如此云云。她告诉我，她报了厦大。那个海岛一样的城市，那个常年被风吹过的城市，那个星空很美的城市，那个安置她未来五年的城市，就是厦门。我在酒宴上喝醉，晕头转向地告诉她，我要去福州。离厦门很近。将来要是在福州混得不好，就会去厦门找你，去看看你那里的星空。

　　她扶着我，说了声哦，又捏了捏我的手心。

　　那个夏天里我们好像一夜之间就长大了。我仿佛昨天还拖着鼻涕，被她揪着耳朵，今天她就穿上了裙子，留起了长发。她身上还是有淡淡的味道，我不知道和那年我在她被子上闻到的是不是同一种。只是那句，要不要一起睡呀的玩笑，我已经不能和她开了。

某天我们在河边坐着，我喋喋不休，向她勾勒大学生活的美好宏图。她说，她有些困了。说着就把头靠在我的腿上。时近傍晚，风从河面上吹来。我低下头，看着她闭着眼睛的样子。啪的一下，路灯全亮了起来。

八月的最后一天，几个平时玩得来的同学，一起去 KTV 唱歌。我和黄巧巧也在，我高歌了自己的保留曲目《海阔天空》，大家纷纷说，像是死刑犯被拉出去枪毙前的高呼。

黄巧巧独自唱了一首《爱情转移》。

> 烛光照亮了晚餐，照不出个答案。
> 恋爱不是温馨的请客吃饭。
> 床单上铺满花瓣，拥抱让它成长。
> 太拥挤就开到了别的土壤。

而我在歌声里，拉着一旁的于小小走了出去。我对于小小说："今天必须把话说清楚。"于小小愤怒地瞪了我一眼，随后被我生生拽了出去。走出包厢的一刻，我回头望了一眼，黄巧巧脸上满怀期待的表情，尚未来得及褪去。

那是 2011 年的夏天。关于告别的一个夏天。

05

上了大学以后，逐渐明白了一个道理：时间不存在长短。看似很长又看似很短的四年，实际不存在可以衡量的尺度。它就是四年，单纯的过去了的四年。

这四年来，我在大学混得并不好，甚至有一段时间狼狈不堪，灰头土脸。只是这一次，不会再有人把我丢弃给黄巧巧了。可随后我意识到，自始至终我都面对着某种程度上的丢弃，唯一的区别不过是有没有一个女孩过来将我拾起。

我和黄巧巧断断续续保持着联系，无论如何，她仍然是我的姑姑。其实这说法不对，正相反，她是我的姑姑，无论如何，她都是我的姑姑。有一天我偶然点进她的空间，看到日志的第一篇里她写着：

> 做过了很多计划，
>
> 以为能实现自己的梦。
>
> 知道吗？
>
> 那天你出去的时候，
>
> 我感觉自己快要死掉了。

明明不想这样的。

明明不该这样的。

她有时会关心我的学习，问我成绩如何，而我自觉愧疚，都说很好，实则差点被学校开除。后来她从朋友那儿打听到我的近况，给我打来电话，要我好好学习。那年开春，收到了她寄来的明信片。上面写着几行字：

> 静心知路，

坐下修行；

勿忘初心，

方得始终。

我不知道为什么，突然想起有一年，她揪着我的耳朵，横穿过整个操场。

06

四年就这么一晃而过。

除了福州，我去过一些其他的城市，有时光鲜，有时狼狈。黄巧巧的专业比较特殊，需要读五年，她在第三年的尾巴，遇见了一个会弹吉他的男生。这个男生后来成了她的男友。

2015 年的冬天，我们各自回到清流。我对大家说："我们以后可能很难再聚了。"

这样伤感的话换来的是大家无情的嘲讽。孙英镑几个贱人说，说得好像你明年不回来过年一样。

新年过后我们经常邀约一起出来散步。黄巧巧、孙英镑、李清伟，几乎人人都在。有一天晚上我们突发奇想，租来一辆非常有特点的四人脚踏车，车身围着几圈 LED 灯，车前灯被摆成爱心的形状。车尾加了一个低音炮。可能是年久失修，它发出的声音不像歌声，更像是哀号。我们就骑着这辆脚踏车，在它的惨叫声里绕了清流岛外整整一圈。

我以前也幻想过，骑上这种车，非常拉风地去女孩子家楼下，去把她们接出来兜风。去接前女友，去接于小小，去接黄巧巧，她们要是不来，我就在她们楼下一圈圈地骑，低音炮循环播放"我爱的人不是我的爱人，我爱的人她已有了爱人"。

等到把所有的女孩都叫齐了，就顺路把孙英镗、李清伟几个搅屎棍带上，他们在后面打牌吹风，我就甩开了膀子，在前面屁颠屁颠地骑，一路感受着风和女孩子们仰慕的眼光，像是一个快乐的小车夫。这时黄巧巧肯定会心疼我，她会对我说："叶小白，你休息一下吧。"

这时我就怪声说："不要紧，帮助你们上进生，是我们后进生应尽的义务。"

她会不会再一次低下头，对我说谢谢你了呢？

那天我们把车还掉后，一起去吃消夜。在大家的怂恿下，黄巧巧讲起了她的男友。我刚出了一身汗，像民工一样吃着肉，听她说起她男友的星座，她说他们相遇，在吉他协会的交流会上，伴着音乐和歌声。她给我们播放了她男友弹奏的曲子，比我弹得好听几十倍吧，我那把吉他早已落满了灰尘。

我问她："他对你好吗？"

巧巧说："不是好不好，他只能用粗犷来形容，北方汉子。"

我说："如果他欺负你，我就飞去厦大，我打死他。"

巧巧说："用双节棍吗？"

我说："嘿嘿。"

巧巧也说："嘿嘿。"

我低下头，继续吃着碗里的肉。我想，黄巧巧，你知道吗，我说的是真的。那些年里我欠你的，迟早我要通通还给你。这是你应得的。

后来我又想，巧巧，当初我伤害了你，未来又要靠伤害别人来偿还。这太过荒谬。大概当初你喜欢过我，这件事本身就很荒谬。

07

黄巧巧曾告诉过我，那天我在她床上睡着。她翻看了一会儿我的作业，发现我在作业本上画了很多漫画小人，一个个惨不忍睹，被人砍了很多刀似的。还写了几首乱七八糟的打油诗，像什么"小白小白上楼梯，打开电视机；小白小白下楼梯，去吃肯德基"。她一边看，就一边捂着嘴巴偷笑，她翻开日记，在上面写道：我的侄子很可爱。

这几年我写过的很多文章，女主人公多少都带着黄巧巧的影子。在那些来不及告别的故事里，告别的话语被一次又一次打断。但我不能说，我这样做，是在赎罪。这太廉价。所以关于这些，我从未告诉过黄巧巧。

有一天晚上做了一个梦，梦见不知道什么原因，自己变成了通缉犯，被警察叔叔追捕。

我无处可逃，我慌不择路，我逃到了一座高楼之上。他们喊我下来，我不肯。他们就让我的小女友们来喊楼。

前女友说："你下来，如果你被枪毙，我为你守寡。"

我舍不得，我不肯下去。

他们又叫来于小小。于小小说："叶小白，自首能保条命。要是你坐牢，我就等你出来。"

我说："于小小，我不能让你等我。"

最后黄巧巧过来了，她在楼下望着我，神情悲悯，像是望着她即将赴刑的孩子。

他们让她劝我下来。她就对我说："小白，你跳楼吧。你跳，我陪你上路。"

于是我跳了下去，摔死在了大地之上。

黄巧巧要为我赴死，可她没有成功，因此她只能坐在我的尸体边，茫然失措地抹眼泪。我看到她哭，就也哭了。虽然那一刻在梦里的我已经死了，但在那一刻，那样爱着我的人在为我哭泣，我就算咽气了，也咽不下那么巨大的不甘。

可能，每个人都会在生命里遇到这么一个女孩。你愿意和她一起死掉，今天死，立刻就死。但你无论如何，也不愿意让她为你落泪。

哪怕直到生命的最后，你们都没有去同一片星空。

总 是
不 相 逢

2014 年秋天，于小小找到我，要我把她的故事写下来。她说，她要去找一个小婊子，如果找到，就带她回来；如果找不到，就一直找。至于结果会是如何，她无法确定，所以要我把她的小前半生写下来，当作离别时候割下她存在过的证据。类似阑尾？

当时我坐在网吧里打游戏，我听了她的说法很诧异，我问她："你为什么要找我割阑尾？"

她用一个估计她自己听不懂的理由说服了我，她赶走坐在我边上的小学生，又吩咐网管送来两杯奶茶，关掉我的电脑。等到小学生和网管以及那些游戏里的小怪物都嘟囔着走开了，她就在我身边坐下，告诉我，她需要我用传记的口吻记述下她的小前半生，并且连标题她都已提前想好，叫《小小本纪》。

有一个细节值得补充，当时我们坐在烟雾缭绕的网吧里，窗外秋天的阳光透过玻璃窗洒进来。我们身边坐满了中小学生，那些中小学生在问候屏幕对面的母亲，脸上被阳光照出稚嫩的反光，成了小学课本里经常出现的经典比喻句——初升的小太阳。

我看了看眼前的于小小，她也沐浴在阳光之中，刹那间我有些恍惚，仿佛自己和这女土匪都回到了谩骂不休的小学时代，两个人翻墙出来，其中一个准备离开，要求另一个在作业本上记下自己的前半节课。后来我恍惚了一会儿，就又回过神告诉她，《××本纪》应该是个很牛逼的标题，比如《项羽本纪》，但有时也要区别对待，《小小本纪》像是项羽瘦身失败，导致脑袋和身体的牛逼程度不成比例。为了不让她挥椅子拍我，我又补充说，要不叫《小小笨鸡》吧？

她非但没有拍我，反而异常温柔地说："我把你拍成大大大黄瓜呀？"

我瘪瘪嘴唇，低头喝奶茶。她抓着吸管，像抽烟一样抽着空气。然后她吸饱了空气，絮絮叨叨地开始了讲述她的前半生。

我有一个母亲。后来……我知道，让一个女土匪追忆似水年华，是很困难的一件事，女土匪跟我说起她的母亲，憋得脸红脖子粗，好半天才说出下一句话……后来她就死了。

小小的母亲是个寡妇，她老公生前是火车上的列车员，每天都要到各个城市的站点停靠，后来因为在女乘客的怂恿下，试图拆卸火车上的热水炉加热器，不慎被电死。从此，小小的母亲就成了一个寡妇。

小小的母亲是一个作家，她指的是她的生活。在小小的印象里，母亲的工作是在每天下半夜，推着小板车，穿着制服，在车站高呼开水、泡面、零食。这在她看来作家和她母亲是没什么区别的。都是昼伏夜出，在夜里试图向路人声明一些东西。比如作家声明这个世界虽然是虚妄了一点，但是是很温柔的虚妄。而她母亲声明自己的泡面是贵了一点，但是是很温柔的泡面，诸如此类。

她说她在某一段时间里很崇拜她的母亲，因为身为一个成年女性，既能工作，又能和零食打交道，还能有正当理由不睡觉。至于大家平时说的母性的光辉啦，独自抚养女儿的伟大啦，那时的她倒觉得没所谓。不过后来长大了，在菜市场遇见她母亲以前的同事，他们就一定要和她谈起母亲当年抚养女儿的光辉和伟大，于是她也只好顺从地表现出哀伤和心痛，有时表演过头，还能不小心挤出点眼泪，至于是不是真的想哭，她说她自己也搞不清楚。

母亲后来就死啦。她这样说。死在 2000 年年初，一场火车上传来的重病要了她的命。她被亲戚接去抚养，那时他们采用了一种民主的轮流制度，叔叔家养三个月，伯伯家养三个月，姑姑家养三个月，舅舅家养三个月，一年下来四个季节都有了。

叔叔家的阳台下面种满了大树，每到夏天，楼下的蝉鸣就要从窗帘里钻进来。到伯伯家又是在冬天，单元楼下常有结冰的积水，人在上面行走必须踮着脚尖。那时伯伯家隔壁住着一个流鼻涕的小男生，他经常穿一身棉袄，抱着热水袋，问她三大哲学基本问题——你叫什么名字？你从哪里来？以后要上哪儿去？小小一开始不理他。后来看他鼻涕兮兮的很可怜，就告诉他——我叫于大大，我从秋天来，下个月到春天去。小男生一听哲学问题换来了文学答案，当场就傻了，把热水袋递给她，自己一声不吭，跑回家去了。

小小又在第二年回到伯伯家，发现那个男生还在那里，他一见到小小，就要找她报仇，跑上来问她生理问题——哎，你去年还是男的吧，今年就变女生啦？这次轮到小小傻眼了。

从此，她就在四个家庭、四个季节里晃荡开啦。她晃荡呀晃荡，秋天来，冬天去。春天来，夏天去。不知不觉一觉醒来，发现已是2011年。

2011 年的夏天，她穿着校服，面对着一桌子的一年四季，夏天里的叔叔说，小小已经不小啦。春天里的姑姑说，是呀是呀不小啦。冬天里的伯伯说，你以后就要靠自己生活了，如果有什么困难，还记得来找我们。秋天里的舅舅很幽默，说了句，只能帮你到这儿了。

于是小小结束了四季的晃荡，拿着一笔生活费，在县城的某个角落开始了自己的生活。

在那段时间里，她的朋友相继结束了浑噩的生活。于小小说，2011年，她像是那年夏天才被彻底生下来，之前都在沿着一根脐带，胡乱爬，一直到她的 2011 年，才在一团糨糊里诞生了自己的思想。比如她的小男生邻居。我必须一提，那个小男生就是我，并且在陪她度过了十八个冬季后，和她一起坐在这里，表情深邃地听她讲述她的小前半生。

2011 年，她开始在超市做营业员。那是一家很有本地特色的超市，超市老板每天都要来超市问他／她们超市界的三大基本问题——这个怎么卖？这个多少钱？这个保质期多久？于小小经常答不上来，就挠挠头说："标签上都有，自己不会看吗？"气得小老头吹胡子瞪眼。

那时林小妖就经常来超市找她，至于林小妖是谁，据于小小说，林小妖曾经和我们住在同一条街道，某个冬天她发现我拖着两条鼻涕，神色淫荡地敲诈一个哭哭啼啼的小女孩，于是勃然大怒，挺身而出。据她讲，那种愤怒和看见自己的小弟调戏良家少女是一样的，关键是，良家少女长得还挺不赖。

从此，收林小妖保护费的人，就成了于小小。那年的林小妖体弱多病，小小自觉担当了她的教母，经常在上下学路上同一干图谋不轨的小男生互殴（据说主要是我）。作为回报，小妖经常邀请小小上她家吃饭。但她有个疑惑，小小，原来你长大以后是馒头来的呀？——为什么这样说？——不然你怎么非要当酵母呢？林小妖问，于小小很忧伤。

林小妖家里总是只有母亲，没有父亲，小小后来才知道，小妖家是单亲家庭。她的父亲和母亲协议离婚，最终她被分给母亲。她说她本来是想跟爸爸走的，可惜，爸爸和妈妈猜拳输了。

小小目瞪口呆——猜拳呀？

她和林小妖做了整整十年的同学，从小学二年级直到高中毕业，她说，她一度怀疑自己和林小妖是对青梅竹马的拉拉，这是一个让她一度脸红心跳的猜疑。有一次她早饭吃了烤肉，兴致高昂地跑来学校告诉林小妖。林小妖说，是吗？——是的。林小妖显然还是不信，要小小吹口气给她闻闻。小小捧着她的脸，刚要吹气，忽然觉得哪里不对。林小妖睁着眼睛看她，特天真特天真地问她，你不吹啦？

于是于小小又很忧伤。

于小小说到这儿，又补充了一个细节，她说，那天之后，小妖带她上她家吃饭，让她妈妈做了很多的肉。

小小在亲戚家的生活并不窘迫，她的亲戚都是些老好人，只是小妖坚定地认为既然她父母双亡，势必要惨遭亲戚虐待。比如不给饭吃，比如不给澡洗。因此每每带她上自己家吃饭，吃完饭还留她过夜。林小妖的妈妈是个很和蔼的女性，每次看到小小，就说："小小，姨姨给你做好吃的呀？"考虑到小妖妈妈做的菜味道不错，她也就慷慨地从自己的春夏秋冬里分出了一部分，停留在了这个只有两个人的家庭里。

这些四季晃晃荡荡，十年就过去啦。

这十年里，没有发生太多事情。林小妖破例为小小打过一次架，那次是几个男生，取笑于小小的父母双亡，路过的林小妖涨红了脸，冲上去和他们拼命，那些男生很诧异，因为小妖还没来得及伤及他们，自己就先气哭了。

小小则依旧像个女土匪，打遍整个年段未逢敌手。后来她就进化了，觉得打打杀杀好没意思，再后来，她超进化了，怀疑自己或许可以当个女作家。她们的角色时常在夏天以后发生错位，林小妖挥舞书本追打满脸坏笑的男生，于小小坐在教室里，听着楼下缠绵的打闹，笑呵呵地觉得改天去学下钢琴也很好嘛。她们的十年晃晃荡荡，像是天上被风吹起的云。风起之后，就飘远了。

2011 年的夏天，高考结束了。

林小妖没有找工作。林小妖说，夏天以后，她就要去北方找爸爸，去考那里的公务员。

小小对林小妖说："小妖，你考上可要记得请我吃饭。""好呀，我请你吃大餐。""那我要最贵的大餐。"

她说她不知道当时自己在想什么，也许林小妖会因为不想请自己吃饭，而不去北方工作？自己的脑袋里是进大米了吗？

那个夏天的结局是，林小妖毫无悬念地走了。小小有点儿舍不得她。可是她能怎样呢？她没文化，只能当个超市里的营业员，她总不能让她走的时候还把自己带上，又不是旅行袋。

对于分别，她们绝口不提。每天夜里下了班，就坐着电瓶车一起去街上吃夜宵。那辆电瓶车车体通红，非常拉风。

那时的街，流光闪烁。

于小小记得在那个夏夜，当她们驶过一个路口，林小妖突然非常紧张地说："小小，小小。"

"干吗？"

"明天我带你走好不好？"

她终于知道，明天就是林小妖要去北方的时候了。她说："为什么呢？"

"我怕他们会欺负我。"

她沉默了好一会儿，终于说："可我不是旅行袋。"

她原以为林小妖会像小时候那样哭哭啼啼，可她像是什么都没有发生似的笑了笑，她说："小小，你说得对，你不是旅行袋。"这让小小忍不住怀疑，她之前的慌张都只是自己的一场错觉。也许是那天的灯光昏暗，自己脑补了后视镜里那个女孩脸上的无助和悲伤。

于小小的讲述在这里中断了几次。她说，她一度想要像个作家一样总结自己的2011，那一年她二十岁。她的二十岁就像是一列陌生的火车，会到哪里停靠，会在哪里分别，她一概不知。她希望这辆车能倒开，回到她们的起点，也祈祷这辆车能早日到达，载着该去的人去该去的地方。她的二十岁充满了悖论，也许在她出生那夜就埋下了祸根。

"后来，"她说，"夏天结束了，林小妖走了。她去了北方，她找到了她的老爹。我就继续做我的营业员，世界末日那天我们通了电话，她说那里的冬天很冷，我说清流也冷。她说她在那过得很好，我说别怕，老子一直罩着你。她说，哈哈哈，我也说，哈哈哈。挂了电话我想，我罩得了谁呀我，哈哈哈。

"后来我们断断续续联系了几次，从此就断了联系。我最后一次打给林小妖，那头说，林小妖和她后妈发生矛盾，离家出走，失踪了好几天。那是2013年吧好像，我合上手机，走到公园，浑身无力地看大妈们蹦迪。

"我想我要是个作家就好了，写一本关于自己十九岁的书。十九岁好呀，可以保护一个人，一个人可以保护我。二十岁以后，我们全要在不同的地方到站，我无能为力，只能催着她们尽快下车，于是她们就真的下车了。我隔着车窗观望她们今后的生活，无奈地任由火车载着我们渐行渐远。"

于小小说了这么久，终于讲到了她今天和我告别的缘由。她说："林小妖躲在一家青年旅社里，前几天给我打来电话。说她不想待在北方了，她想回南方。我就骂她，林小妖你个王八蛋，你不是过得好吗？还回来干吗？你不是领导都不骂你吗？你不是工作很顺利吗？你不是家庭很和睦的吗，啊？后来我骂够了，就说，我去找你。林小妖这小婊子还以为听错了，我跟她大声说了好几遍，我去找你，我去罩你，老子永远罩着你。

"我不是没想过就这么不管不顾地生活下去。可是我能怎么样呢？那个女生我睡了十年。这样就算了，她还要在我最晃荡的年纪里，徒劳无功地保护我，像一只笨手笨脚的小母鸡。我能怎样呢？我买了后天的火车票，后天就走，一直到我找到她。虽然那天她哭了，她也骂，她说于小小你个大贱人，你就会吹，你罩得了谁呀？这不是学校，这是社会，你罩得了谁呀？小小，我们都不是以前了呀。"

小小说到这儿沉默了一会儿，她说："我感觉，其实这都是命。我爸我妈在火车上相遇，生下了我，后来他们相继死于火车，我弄丢了他们。现在我又要搭乘那班火车，去找回另一些东西。可能人这一辈子就像这列火车，找到的和弄丢的，永远不是同一班，总是不相逢。"

哲学家于小小在说完这段话后，就陷入了长时间的沉默，她望着门口洒进来的阳光，一口一口抽空气。她最后叮嘱我一定要把她的那些事记录下来。并在离别的最后一刻，她交代了一个细节。

她说，她记不得是哪一年了，在她那个未知的夏天里。有一个晚上，她随父亲一起乘坐火车，当时的夜色很深，她的父亲要出去卖玩具，于是留给她一本书，让她在值班室里睡觉。她想要那些玩具，然而这些玩具是属于旅者的，那个年纪的她是当不了旅者的，最多是当个旅行袋。

那个晚上她就那么安静地望着窗外缓缓流动的城市，路过了好几座灯火通明的城市，既不哭，也不闹，后来她就睡着了。她梦见自己坐在桌前写书，书写着一整个家庭的孤单。

她在清晨时分被父亲叫醒，来到火车站外，母亲推着一辆小板车，笑眯眯。她走上去捏了捏母亲的手，一家三口，在青色的清晨里往车站外一步步走去，一直走到了夏日清晨的最深处。

暴 雨 打 湿
十 六 岁

我在忧伤的季节里被人撞飞。

01

2010年的春天，我和一个大我两岁的女生协议分手。后来那女生就走了，去了大城市，大学校，有时我会觉得，她终于还是会再恋爱的，身边跟着个校园青年，或许也叫叶小白，或许不叫吧。但可以肯定的是，离开这所富有协议精神的学校，他们可以更好地相爱。

这想法使我气馁，使我斯巴达。在那之后的很长一段时间里，我成了一名相声演员。每到下课时间，我就站在走廊，和几个朋友抬杠。范围颇广，民生、医疗、环保、美国总统大选。

有一次，孙英镑和我提起她。他叹了一口气，说："这么好的姑娘，说没就没了。"

我说："去你的，她死了吗？"

他说："是你没了她，她还是拥有这个世界的。"

我说："对了，昨天我掉水沟里了。"

他说："怎么掉进去的？"

我说："一边走路，一边思考着全球经济的崛起。"

他说："你不想当诗人啦？经济学家啦？"

我说："老子是你的动物学家。"

我们一起望着楼下的操场，高一的女生们在楼下跳橡皮筋。回想往事，感慨丛生。我们读高一的时候，流行的是打架、早恋、弱智和无知，才过去一年而已，现在的学生温文尔雅，天真而浪漫，像一个个刚刚升起的小太阳。你去敲诈他们，他们甚至彬彬有礼地对你说："二十块够吗？"好像你是个要饭的，让你的尊严碎落满地。

我想，我们和他们，难道生活在两个世界里吗？可我们的结局是一样的，都要去面对高考。不同的是，我们必须背负着那些残存的往事去获得重生。

站在我一旁的孙英镑听完我的牢骚，下巴都要掉下来了。

我成名了，这是一个较为严肃的问题。分手事件过后，我走在上学的路上，常常就能听见女生指点我："看，那个分了手的叶小白。"我年少的时候，多么想成名呀。我做梦都梦见自己变成大明星，站在台上，挥舞手臂，大声说："左边四十五度角和右边四十五度角的朋友，你们好吗？"然后女生们疯狂了，她们齐声说："小白小白，我爱你，就像蜡笔爱小新。"

现在，我终于成名了，却再也找不到女朋友了。有谁会要一个败军之将呢？此时的我，多么像一只小狗，被人抛弃。找不回自己的主人，就只能流浪在大街上，寒风萧瑟，孤独地等死。不过，找不到就找不到吧，无所谓了。我这样想。

2010年的夏天，我窝在网吧里，没日没夜地打游戏，砍翻了一只又一只的哥布林。连我玩的游戏都看不下去了，给我颁发了勋章"哥布林世仇"，字面意思就是和这些可爱的小精灵有杀父之仇。我的老哥提醒我："你不打算去看看开学没有？"我拍拍脑袋，关上电脑，走出了网吧。

那时的清流已经开始城市建设了，到处都是打桩机的声音。我站在炎炎烈日下，感觉自己正在被迅速烤干。

我叹了一口气，然后横着飞了出去。

当时我听见身后传来长长的鸣笛，我回过头，看见一辆周身通红的小电瓶，一个女生骑着它，在我有限的视野里，她惊恐的脸庞被不断不断不断放大。

在那一刻，时间好像停止了，我的视线越过女生的头顶，看见了山，看见了云，看见了明晃晃的太阳。事实证明，我并没有变成一台慢镜头摄影机，我只是被她撞得飞了起来。

我说："于小小，你大爷。"

02

我首先要感谢于小小，她很精确地撞飞了我，却没有将我撞死。

其次我要感谢一马平川的马路，路上没有石子磕破我的脑壳。

最后我感谢一下我的老哥，那天明明是七月中旬，他推塔推得脑袋昏了，以为已经过去了两个月，生怕他可爱的弟弟错过点什么，结果我真的赶上了车祸。

那天我横尸在七月的马路上，于小小和她的小电瓶横尸在马路的另一边。蝉鸣，微风。过了好一会儿，于小小爬起来，手忙脚乱地过来扶起我。她一看到我，就说了句："叶小白，怎么是你？"

我想，很惊讶是吗？这么惊艳的偶遇，我这辈子也是头一次碰上。

她说："你没事吧？"

我试了一下，腰部传来一阵清晰的痛，我再一发力，这次痛得我整个人缩在一起。我连连叫起来，说："腰，腰。"

她说："行了，你也别切克闹了。我载你去就医。"

于小小扶着我，坐上了她的电瓶车，向医院开去。那一天简直是我的噩梦——这辆浑身通红的小电瓶，快乐地、风骚地、颠簸起伏着，它的车轮撞得有点歪，像蛇腰一样地扭动。我痛得魂飞云外，紧紧抱住了于小小。

于小小大声说："喂喂，你往哪儿抱呢？"

我已经没力气和这个灾星斗嘴了。我说："开稳一点吧，姐姐，如果你不想我当场死在你的车上。"

我们赶到医院，于小小一个漂亮的刹车，我立刻像杀猪一样叫了起来。于小小回过头，满脸通红地说："没死就别叫了，赶紧给我下车。"我这才发现，刚才一路过来，我一直搂着她的腰。她对我说，"叶小白，如果你是装的，我要你好看。"

我当然不是装的，一位老医生拿着张 CT 片，在我腰上摸索了半天，问我："车撞的吧，再重一点，骨头就要断了。"

于小小站在一旁，问："医生，瘫不了吧？"

医生漫不经心地说："你男朋友？瘫不了，但是得休养一阵。"

于小小说："他不是我男朋友。"

老医生说："那最好还是让他家长来一下。"

于小小看了我一眼，我也抬头看了她一眼。

她回过头，痛苦地说："他是我老公。"

老医生摇了摇头，说："现在的学生啊。"

于小小扶着我走出了医院，医院外，人来车往，我有些恍惚。我对于小小说："这可真是一个神奇的下午，被车撞飞，又有了一个老婆，我现在很好奇，下一秒还会发生点什么。"

下一秒，我的老婆狠狠地踩了我一脚。

03

于小小带我去她住的地方，那是一个老旧的小区，楼下种了很多大树，建筑像是苏联时期遗留下来的，又灰又厚重。她推开门，门里传来煤炉特有的味道。

我一手扶着腰，一手扶着门框，望着墙上挂着的黑白照片。

我感觉自己在做梦。

我仿佛穿越了一个漫长的梦境，看见了过去的自己，站在这间屋子里的我，躺在床上的我，说着话的我，静静地抱着那个女生的我。我曾经以为，就像那个大我两岁的女生，我和她，这栋屋子，再不会重逢。

于小小告诉我，她现在住在这里，一个老奶奶便宜租给她的。那个老奶奶面目慈祥，和她住在一起，对她也很好，时常做好饭菜，邀她一起吃，像是对待自己的孙女。她说，她倒是不知道这是那个女生以前住的地方啦，不过，我以前协议分手那档子破事，她早就知道了。那天操场上的演讲，她也在场。

小小说："我挺喜欢她的，特别是听了她的分手协议。遗憾的是审美差了点，怎么会喜欢上你这样的？"

我卧倒在床上。我已经懒得和这女人抬杠了，我只想多躺一会儿，狠狠地在上面睡下去，变成一片睡着的云。可以说我是犯贱，我腰都要断了，才换来这次的机会，那就让我多贱一会儿好不好？

于小小问我："还疼吗？"

我说："别打扰我，我在安静地回血。等 HP 满了，我自己会走的。"

于小小白我一眼，说："有病。"

医生在我的背上涂了黑乎乎的中药，现在渐渐起了药效，我感觉自己的腰部温温的。

于小小说："贱人，你不是真睡着了吧？给我讲讲你和那个女生，好吗？"

我讲："高二那年，叶小白和那个女生协议分手。后来他们就真的分手了。好听吗？哦，对了，叶小白从此就没有主人啦，只能在大街上等死，结果被一辆倒了八辈子血霉的电瓶车撞得飞了出去。"

于小小说："不说算了。"

她回过头，翻开一本本子，窸窸窣窣地写着点什么。而我闭上眼睛，渐渐睡去。

回忆到这里，变得有些奇怪。我年轻的时候，似乎总是在女生的房间里轻易地睡着。这叫艳遇？假设真的是艳遇吧，我应该是和女生一起在床上睡着才对，可她们总是清醒着，坐在我边上，安安静静地写点什么和我、和她们有关的东西。她们的日记，我们分手的协议。

那个下午我睡了好一会儿，脑袋昏沉，仿佛沉睡了一整个夏季。醒来时，时近黄昏，窗外蝉鸣绵延，微风断断续续吹进来。

我的腰不那么痛了，麻麻的。我翻了个身，望着天花板。床边是写字的声音。在上一个春天里，我也是这么躺在她的床上，百无聊赖，一旁坐着那个女生。后来我们相拥，她告诉我，她不是不喜欢我。有些事情，以后她会告诉我。当然啦，没有以后了。

我突然想让时间停止在这一刻，假装也好，就假装我回到了上一个春天。时间从来没有流动过，很多事情都还来得及。

我想，你知道吗，我回来了。此时此刻，就在这里。

于小小突然推了推我，她说："小白，奶奶快要回来了。"

我抬起头，看着于小小。她站了起来，安安静静地俯视着我。视线穿过阴影，温柔地穿过我的灵魂。

我终于说了一声："郑晓燕。"

04

从那以后，我经常出现在于小小的闺房里。我对于小小说："那天你差点撞得我高位截瘫，你欠老子一个腰。那么我来你的房间敷药，躲开我老爸的质疑，难道你还有什么不满意的地方吗？"

于小小答不上来，她的思想暂停了几秒，找不出反驳的理由。随后她加重了给我上药的力度，我再一次嗷嗷起来。

那年的暑假，剩下的半个月，我几乎都是在于小小的房间里度过的。也终于见着了郑晓燕的奶奶，老人家，慈眉善目的，她见到我，还以为我是于小小的男朋友，笑呵呵地给我洗了个苹果。我就坐在床上，悠闲地啃着苹果，看自己带来的书。一旁还坐了个女人，端茶倒水地伺候我。这简直是神仙一样的日子。

不知不觉，那一年的七月就要过去。

七月的最后几天，我在于小小的房间完成了一篇小说的开头，大大地伸了个懒腰。于小小好奇地问我："你在写什么呢？"我告诉她："故事的主人公姓叶，退学去卖猪肉，结果死掉了。""怎么死的？""被一辆无证驾驶的电瓶车撞死的。"

于小小说："去死啦。"

于小小打开MP3，放了一首《醉清风》。那时候的我很少接触这些电子产品，2010年，我的电子生活水平可能还在千禧年，没有MP3，没有MP4，没有手机，只有一台淘汰了的电脑，生产日期在20世纪90年代，和我同辈。我郑重承诺过，轻易不使用它，每次使用超过半小时，我似乎都能闻到一股线路板烧起来的味道。

我拿过她的MP3，里面存了很多弦子的歌，《颓废》《舍不得》什么的，看不出来这个女中豪杰，还听这样的歌。我说："还蛮好听的，声音有点像你。"她安静地趴在桌上，看着我说："我知道。"

我说："其实我刚才开玩笑的，那个姓叶的，是被牧师弄死的。"

她说："什么牧师？"

我说："小说里面一角色，你不懂的。算是宿命吧，他想逃脱命运，就必须死，结果真死了，发现这还是宿命的一部分。"

我知道，年轻的时候讲一些命运啊，宿命的词，真是够烂俗的了。但于小小听了，还是问我："好像很有趣，写完了可以给我看吗？"

我说："好呀。"

我们各自安静了一会儿，那个声音很像于小小的歌手唱着歌，"梦境的虚有，琴声一曲相送，乱了分寸的心动，是我想得太多，犹如飞蛾扑火"。

我突然感觉，氛围有些不对，我看向于小小，她依旧枕着她的胳膊，看着我。

我问："你老看着我干吗？"

她说："那个姓叶的，女主角后来怎么样了？"

我说："她啊，她不在宿命里，她是个意外嘛。姓叶的死了以后，跑到异世界，他的宿命结束了，所以在剩下的时间里，他不停地砍哥布林，升级，砍哥布林，升级，只是为了回去找那个不在他宿命里的人。"

见了鬼了，我说到这里，竟有些悲伤起来。

于小小长长地哦了一声。

我跳下床，走到窗前。从这里往外看，能看到对面居民楼里的人家。楼下的那些大树，经过一个漫长的春天，好像都长高了。我把手伸下窗，抚摩着墙上斑驳的树影。

我说："时间真快。"

于小小说："小白，我一直想问你。"

我说："嗯？"

她说："你觉得我这人怎么样？"

我说："刚才你笑的时候，就很像她啊。"

于小小没说话。我奇怪地回过头，就看见她站起来，啪的一下，装着药的塑料袋摔到了我的脸上。

05

我的小前半生，一共就见过两个往人脸上摔东西的女人。一位是黄巧巧，她挥舞椅子砸人的身影，雕刻在我的脑海里，早已变成了童年时代的一座丰碑，永远地、高风亮节地矗立在那里。

第二位，就是我们的于小小了。那天她勃然大怒，赶走了我。我狼狈地走出来，来到楼下，头顶上传来一声"喂"。我抬起头，于小小站在窗前，冲我挥了挥手，问我，"疼吗，刚才？"

我心头一暖，这女人，好歹是学会温柔了。我说："没事，不疼。"

她说："我后悔了。"

我说："没事，我原谅你。"

她说："刚才应该再打狠一点的。"

我气得鼻子不是鼻子、脸不是脸地走了。

06

我和于小小相识已久，早在千禧年的一个冬天，她出现在我的隔壁。这个扎着马尾，每天在小区楼下做游戏的女孩子吸引了我的注意，我去她背后，发现她在和小熊过家家，她扮爸爸，暴揍她那不听话的儿子。她注意到我，热情地邀请我来扮她儿子，我矜持了一下，拒绝了。我把手里的热水袋送给她，慌不择路地跑回了家。

我后来才知道，她的父亲走得早，后来母亲也去世了。回顾我的学生时代，朋友圈里有单亲家庭的，有家庭暴力的，有父母双亡的，按说像我们这样的，都应该容易留下点什么童年阴影，在青春期里反复锤炼出一副畸形人格。奈何我们成长的环境太过生猛，根本没有留给我们变态的空间。重新回顾一下我的学生时代，有年仅二十五的语文老师，有揪断学生耳朵的数学老师，还有在你给别人把脉的时候，从一旁无声无息冒出来的班主任。这真是一个催人泪下的故事。

那一年的暑假乱七八糟的，反正是结束了。八月初，我们升上了高三。小城里的蝉鸣阵阵，气候炎热。但也有意外——每到早晨，天气都会变得凉爽异常，持续半小时，让人身心舒畅。后来我发现，这个时间段，正好是我们早早爬起来，去学校早自习的时间。我觉得挺有意思的，像是我们这群高中生和夏天的一个约定。

那天我带着涂涂改改的作业，去学校报到，路上遇见孙英镑，他正穿着大裤衩，踩着人字拖，在树下发呆。我叫他："孙先生，干什么呢？"

他说："我在告别一些东西。"

我说："不迎来点什么吗？"

他说："高三呀，还不够你潸然泪下的吗？"

我说："好吧，我还以为你是把我迎来了。"

升到了高三，好像每个人都变成了哲学家。孙英镑在树下，做着他的告别。孙英镑告诉我，他删光了硬盘里的电影，破釜沉舟，真是要多悲壮有多悲壮。而我锁上了我的账号，那个双手沾满哥布林血的战士，从此将永远地休眠下去。那时我想，是不是所有的到来，都注定要带走我们一些东西？那么等到高三离去，会把那些东西还给我们吗？

夏季，往事在云层中翻滚。

07

清流是一座内陆小岛，我在这个岛上生活了十余年，家就住在河边，每天傍晚，被我的老爸带着，搬一条塑料椅子，坐在河边钓鱼，有时在河边遇见老师来钓鱼，他们还会殷切地让我计算一下鱼竿的力臂。再后来，清流的经济突然就发展起来了，很多事情又都变了。也不让钓鱼了，偶尔偷偷去一次，钓上来的鱼的样子丑得让我怀疑人生。

八月，在岛内浑浑噩噩度过了。

又一个清爽的清晨，我出门去上课。看见一个人在撬我家的奶盒子，我大怒地走上去，发现这货竟是个邮递员。他交给我一封市里寄来的信，白色的信封，上面写着一个白字。

我心想，可以呀郑晓燕，还学会一个字一个字地喊人了你。

郑晓燕在信上说，她转学去市里以后，生活很稳定，父母也不再闹了，父亲偶尔来看看她，和母亲还有说有笑。她甚至会幻想，两人是不是要复合了，结果见到了父亲的女人，蛮平凡的一个阿姨。现在想想，也许当初他们离婚，和这个女人关系不大，有的只是合适与不合适而已。也好，分开来，各不相欠。

她说她在市一中，成绩竞争有点激烈，年段里有很多和她一样，从清流转学过去的同学，勉励坚持，才保持在年段中下游。她有时就会很羡慕我，对什么事都一副无所谓的样子。

她说她想起我，七夕那天，她一个人待在家里，望着天上的星星。

这时就能想起，以前的我们，从没有在星空下面独处过。

信的最后，她写道：叶小白，我本该忘记你。

然后就没了，非常突兀地没了。我甚至抖了抖，看能不能再抖出一两个字来。

　　我走到楼道外，冲着阳光，举起了这封信。我想：郑晓燕，你错了。不存在各不相欠，有的只是藕断丝连。

　　后来有一天，我在校园里又碰见了于小小。我一看到她就想溜，怕她再往我脸上揍点什么，她大声说："叶小白，你往哪儿跑呢？"

　　她走上来，踢了我一脚："腰好了没啊，高位截瘫？"

　　我捂着腰，委屈地说："小小，你就真的不能温柔一点吗？"

　　她说："我也很奇怪，我平时都像大家闺秀一样的，怎么每次见到你，就想揍你呢？"

　　我转身想走，她又把我拽住了，她说："喂，小说写怎么样啦？"

　　我这才想起，七月里写完的小说，开头还落在她的房间。她说，我的小说她看了，开头还蛮好看的，可惜那天我那么任性地走掉了，拦都拦不住，又不好意思来找我要剩下的，今天正好和我要。我瞪大眼睛："靠，不是你赶我走的吗？"

　　她说："哦？是吗，我不记得了。哎，反正你挺会写的，以后写到我，记得把我写好一点。"

　　我说："知道了知道了，以后小说里写你，一定特温柔，特漂亮。那个姓叶的还不能自拔地爱上了你，爱得死去活来。行了吧，于女士？"

　　她说："这还差不多。"

　　过了一会儿，她突然叹了口气，又改口说："其实没必要了。你写出来，让我知道是我，就可以了。像你写的郑晓燕一样。"

08

我本该给郑晓燕回信。

那天晚上我躲在房间里，给郑晓燕憋敏感词，我爸突然破门而入，问我，锁着门干吗呢？我结结巴巴地回答，写日记。我爸长叹一口气，十六年了，第一次见你主动写日记。说吧，写给哪个姑娘的？我把心一横，说就说，反正她人都去了市里，你们还要诬赖我们异地恋不成？

我深吸一口气，对我爸说："爸比，真的是日记啦。"

后来我想了想，其实也没什么好写的——哦，你的房间现在租给了我的幼年好友于小小，她说她也很喜欢你。暑假的时候，我和她在你的房间，两人还愉快地讨论了一下文学。写这些有意义吗？神经病吧。

八月的最后一个星期，学校终于给我们放了假，算作是对我们这个夏天的一个补偿。

我扛着书包，装着几本桌膛里的漫画，还有完全看不懂的参考书，艰辛地走在路上。我的同学们正愉悦地、欢快地，在放学路上奔跑。

老师告诉我们，这周过后，高三就要真正来了。高三来了以后会怎样，实际上我们都不清楚。我只希望它来的时候能慢一点，一周有一年那么长，走的时候能快一点，一年就一周那么短。我想到这里，喷了一声，这么说来，高考应该考相对论才对吧？随后我想，不管高考考什么，我都会这么期望，应该说，高考本身就是一个相对的悖论。这种时候，我又不觉得自己是个诗人了，在这样一个傍晚，夕阳坠落，蝉鸣低垂，我好端端地走在马路上，变成了一个十六岁的悖论主义者。

我在家里继续砍哥布林，砍了三天。于小小给我打来电话，她轻柔地问候我身体近况，我说："无恙，爱卿有本早奏，无事退朝。"她温柔无比地对我说："你听说过《咒怨》吗？"

那个星期，我在家里无所事事，只能靠欺负哥布林度日。于小小和我一样无所事事，她租来一套影碟，里面有《金刚》《金刚狼》《变形金刚》，看到最后，她发现一碟叫作《咒怨》的片子，看完后，这位女金刚崩溃了。她心惊胆战地拨通我的电话，把我喊到她房间里。

我说："你傻不傻啊，都是骗人的好不好？"

她怪不好意思的，摸了摸自己的胳膊说："主要是屋子这么阴。"

我说："胆小就胆小，还怪人屋子。"

她说："是啦，是我胆小，行不行？"她回过头，不理我了。

过了一会儿，她又说："我下个月就不住这儿了。"

我一愣："为什么？"

她说："下个月，我要去舅舅家住。他们说我高三了，不要住外面，在他们家安心备考。"

我哦了一声。我说："挺好的，应该的。"

她慢慢地伏在桌上，枕着自己的胳膊，突然问我："我不住这里，你是不是很可惜？"

我愣了一下："为什么这样问？"

她说："你明明知道的。"

我说："是有一点吧。有些我很喜欢的东西，本来是没有的，那么我有段时间拥有过，我就会认为这是别人借给我的。现在被人拿回去，很正常。"

我也被自己的这个答案搞得悲伤起来，装什么大气凛然呢我？可是这时候除了假装大气，我也不知道该回答点什么。

于小小安静地看着我，目光像是在审问我的灵魂。后来，她对我说："叶小白，我很希望你要求我在这里住下去。"

我说："为什么呢？"

她回过头："以后告诉你吧。"

为了缓解无聊，我和于小小一起看碟，她把美国科幻片都看完了，剩下的尽是日本恐怖片，她又不肯把前面的再看一遍。我们只得拉上窗帘，愉快地观赏了《午夜凶铃》《鬼娃花子》。我以前看过一些青春小说，男女主人公拉上窗帘，一般都要干点羞羞的事。事实上，那天我也羞羞了，确切说，我，也怕鬼。

那天我们都被吓得不轻，我有点怀疑，我们两个人，脑袋是都进大米了吗？黄昏来临之时，我要回家吃饭，可面对阴暗的楼道，我恐惧了，我蒙了，我的人生观瞬间崩塌了，我对于小小说："你你你送我下去吧。"

于小小把头摇得像拨浪鼓一样，她说："我把你送下去，你再送我上来呀？"

我闭上眼睛，咬了咬牙，冲了下去。于小小在我背后喊："改天再来啊，我去租《建国大业》——"

09

八月底，夏季在云层中翻滚。

次日的早晨，郑晓燕给我发了一条 QQ 消息："你还好吗？"

我回复她："很好。"

她说:"我不好。"

我看着屏幕良久。

我能回答什么呢?我去找你?你等我一年,我去找你?我想我最好是什么都别回复,她过得不好,这道题的标准答案并不是我。而是她应该忘了我,努力生活,生活就会好起来。各不相欠,不再藕断丝连。

那是我们最后一次对话。我对她说:"忘了我吧。郑晓燕,我爱你。"

10

八月的最后一天,清流突然下起暴雨。

我的一件短袖,因为没来得及收,被风吹走,大雨扑湿了它,落在河面上,河水湍急,起起伏伏。我望着它,仿望看见自己在河里随波逐流,谁也不知道将会漂往哪里。

于小小突然打来电话。她说:"叶小白,你快来。"

我说:"你又看鬼片了吗?"

她说:"看你的头,房间的窗户坏了,你再不来,整个房间就都毁了。"

我披上雨衣,狂奔过去,大雨倾盆,我艰难地到达了于小小那里。郑晓燕房间的窗户是木制的,九十年代特有的那种,历经时光洗涤,早已脆弱不堪。夏季台风一来,连窗带玻璃的被吹到不知哪个国家去了。

雨疯狂地灌进来,于小小就站在房间里,满地的文具和作业纸。她浑身湿透,茫然失措地看着我。

我说:"她奶奶呢?"

她说："昨天回乡下了。"

我说："你快把衣服换了，当心感冒。"

她说："怎么办啊？"

我说："别急啊，我下去找窗户。你在家等我，我一会儿回来。"

我再一次狂奔下去，大雨扑面而来。我突然想起，夏季暴雨，是清流的老传统了，每年海上刮起飓风，这个小岛就要跟着下起暴雨。

我找到窗户，玻璃全碎了，摔得破烂不堪。我刚翻开它，就听见下面传来一声清晰的"喵"。

一只小猫倒在窗户底下，它摇摇晃晃地站起来，又瘫倒下去，好像是脚受伤了。

我抱起它，和它对视。

它突然舔了舔我的脸。我愣住了，过了一会儿，我对它说："你也找不到家了吗？那就跟我走吧。"

我拎着窗户和猫回到楼下，发现于小小站在楼梯口，身上仍是湿的。

我说："你没换衣服？真不怕感冒啊？！"

她说："为什么是你？"

我说："什么？"

她大声说："叶小白，为什么是你？"

她痛苦地闭上眼睛，最后竟哭了起来。

我站在雨里，隔着雨幕，看着这个哭泣的女孩，却深深地感到无力。我知道，我什么都做不了，就只能站在那里，安静地望着她。

为什么是我？我不知道，我又为什么要在这里，清流？破旧小区？

暴雨的夏季？必须忘记的和无法相爱的，过去只是过去，过去没有出现在未来里。我的，她的，哭泣的少女的，受伤的猫的。我们的过去在哪里？我们的未来通往哪里去？

站在十六岁的倾盆大雨里，我们都他妈成了痛苦的哲学家。

再见，神明。

11

我狼狈地修好了窗，用塑料袋和白纸补上了玻璃，难看是难看了点，好歹能够遮风挡雨。

于小小换了身衣服，我们收拾好房间，又打开灯。灯光闪了两下，亮了起来。对比窗外的雨夜，现在有点家的感觉了。

我的衣服全都湿了。于小小在衣橱里翻拣半天，始终找不到男装，不过这是应该的，找到了那才神奇。她丢给我一套校服，说："凑合着穿吧，反正校服不分男女。"

我说："你的？"

她说："郑晓燕留下的。"

我的猫走了过来，她弯腰抱起它，一边擦它的身子，一边说："你从哪儿捡回它来的？"

我说："看它被窗户压着，就抱了回来。"

她擦着小猫的脑袋，说："小猫咪，你真可爱。小猫咪，姐姐总不能就叫你小猫咪吧？"

小猫的耳朵被毛巾擦得一上一下，喵喵地叫了两声。

我说："刚才我想过了，叫它施瓦辛格。"

她说："施瓦辛格？这么小的施瓦辛格？"

我说："它长这么小，会受欺负，名字起大气一点好，能镇住场子。"

她说："那你不应该叫叶小白，你叫叶超级白算了。"

她说："对了，叫它小黑吧？"

我说："不行，施瓦辛格。"

她说："小黑小黑小黑。"

这时小猫喵喵叫起来，她惊喜地说："看啦，它喜欢这个名字，小黑，小黑。"

我无力地挥了挥手，小黑就小黑吧。别小白就行。然而同时我又悲观地意识到，小黑和小白，太像两只亲兄弟了。

我洗了个澡，躺在床上，很快睡着。醒来的时候，暴雨已经停了，不知道是什么时候，楼下有很多青蛙在叫，这一夜还没有过去。于小小把我们的猫用毛巾裹了起来，放在了桌上，猫胡须轻颤，睡得正香。

于小小就睡在我的边上，我看着她的侧脸，发现她的表情很安详。

我突然感觉，郑晓燕也应该躺在这张床上，和我们躺在一起，三个人很纯洁地躺在一起。但我知道，这种感觉，绝对不能告诉她，包括那个不存在的郑晓燕。

下午的时候，她在楼梯口哭了一会儿，后来就和我说，她一直都很希望，我能给她一个死心的理由，像那天我在她房间，她以为我的回答是要她住在这个房间里，变成郑晓燕的替代品，如果我真这样回答了，她就能得到解脱，从此不再爱我。可我说了一通乱七八糟、她也听不太懂的东西。她笨呀，不喜欢知识分子，偏偏就是喜欢我这样满口歪理的浑蛋。

她说，如果是别人都好，可为什么偏偏是你呢，叶小白？

我答不上来，就像要我回答我为什么是我一样。这种问题不如去问我娘亲，是她生下的我，当医生把我交到她怀里，她望着我，一定也在想，是他，为什么是他？我生命里所有的女人，只有我妈，不会问这些让我崩溃的问题，她回答我对生命的疑惑，我是那么爱她，就像爱生命一样。

我望着于小小，满脑子都是这些乱七八糟的东西，再后来，外面传来一声鸡鸣，一声接连一声，似乎整个城市的公鸡都醒了。

天亮了。

晨光里，于小小睁开眼睛，睡眼蒙眬地问我："你醒多久了？"

我说："小小，雨结束了呢。"

12

很多年以后，我有想过，那夜我和于小小躺在一起，算是我的初夜吗？这个问题的答案当然是否定的，毕竟小黑也睡在边上呢，难道说我一生中的初夜，竟还睡了一只猫？

那年夏天，暴风雨过后，洪水又来了。

我给我妈打了电话，她惊慌地问我哪儿去了，一夜不回，还以为我被冲去了水力发电站。我说，我在同学家躲雨。我妈警惕地问我，男同学？女同学？我说，老妈，这种时候，就先别管这种事了好吗？你究竟是想要一个魅力十足的儿媳妇，还是一个电力十足的死儿子？

我挂了电话，坐在沙发上发呆。全城都停电了，只有外面汹涌的河水在提醒我这个城市还没有从这人世上消失。

于小小翻了翻冰箱，翻出好些菜。

她惊喜地说："小白，奶奶给我们留了一斤牛肉，够我们吃一个星期了。"

我说："你会做饭吗，不是停电吗？"

她说："没事，郑晓燕家烧的是煤炉。"

"煤炉。"我念叨着这两个字，望着外面的洪水。

我年轻的时候，好像有很多事情都被串在了一起，像是一幕戏剧，到老来放映，发现一个线索跟着另一个线索。也不知道在哪一年，我的身边是不是真的存在这么一个神。她让我爱上郑晓燕，又让我离开她，让于小小住进她的家，我们受困于此，曾经的煤炉拯救了我们。感谢这位伟大的灶王爷。

我想着想着，突然间意识到，倘若洪水永不消退，这个烧煤炉的家，从此就会变成我们两个人的诺亚方舟，我是诺亚，于小小是我的爱人，小黑是那些动物，我们将承载着清流一中全校师生的希望，在这里遗世生存。

可我的神为什么要做这种事？他究竟想惩罚谁，又想拯救谁？

我看着忙着炒菜的于小小，却不能把这些乱七八糟的想法告诉她。

在这个洪水泛滥的夏天，大脑乱成了一团。

我和于小小在那里住了两天。于小小的手艺不错，口味和我一样，偏淡。炒起菜来，有我老娘的几分风骨，手握锅铲，挥毫泼墨似的。这两天里，她既像我老妈，又像我老婆，白天我在客厅看报纸，观测洪水，或是写点东西，她就在厨房里琢磨菜式，做好饭喊我名字，看我不应就又想踢我。我说:"等会儿吧,写东西呢。"

她这时就不说话了,乖乖逗猫,这两天我们没有娱乐活动,只能看我写的小说解闷。她对我的小说有一种近乎膜拜的感情,她好像很害怕那些未知的东西。鬼神、灵感,叶小白说过乱七八糟的话,都是她的未知。

有一天夜里,我们躺在床上,听着水声,两人都没有睡着。她突然问我:"要是洪水一直不退,我们会饿死在这儿吗?"

我说:"不知道。米吃完了?"

她说:"米还够,但没那么多。"

我说:"没事,还有小黑。"

她代替小黑上来挠我,你敢?我先红烧了你。我们在床上闹作一团,小黑似乎听懂了我们的话,也跟着喵喵叫起来。后来不闹了,躺在床上,聊起了一些有的没的,她和我讲,她班上有一个同学,叫林小妖,《感动中国》看得多了,老认为她很可怜,一定要她上她家住,还说要养着她。实际上,她从不觉得自己可怜,现实就是这样,她父母双亡,没人爱她,自己爱自己就很知足,别人的爱多一分,她都会很不安。

我说我们好像都是怪胎。我小时候跟妈妈住,长大后跟了父亲,我妈只有周末来看我,我生活在伪单亲家庭里,比你也好不到哪里去。念初二的时候他们瞒着我签了离婚协议,说是等我高考结束,他们就离。我很成功地遗传了他们,前不久还和郑晓燕签了个分手协议,有模有样的。当然了,还包括郑晓燕,她父母是已经离了,现在她在市里跟老妈住,老爹偶尔去看看她,她上回还写信讲这档子事来着。见了鬼了,干脆我们几个拍部电影，叫《婚姻不幸下的蛋》算了。

再后来，我们聊着聊着，又都安静了，于小小睡去，小黑也睡去，留我一个人醒着，听着外面的大水声。这间房间里发生过的事通通涌上心头，这样一个深夜，想起了郑晓燕，我们在房间里相拥。想起了于小小，她说她爱上了我，还问我，为什么是我？想起了自己。不知道为什么，突然觉得很伤感。我转过身，于小小安安静静，闭着眼睛，我帮她掖了掖被角，亲了一下她的额头。此时此刻，大水封城，万物俱静，我亲吻着我人世间唯一的爱人。

13

第三天，洪水终于退了，我打电话给家里报了平安。

挂了电话，我说："于女士，下午我先回家，再看不到我，我妈要报警了。这两天承蒙你烧菜了。"

她说："你妈管你管得很严吧？"

我说："很严，小时候她带我，几乎是当成贵族来养。在外面要端着，在家里也要端着。"

她说："真羡慕你，我没有家。"

我们各自沉默了一会儿。后来，她对我说："我也要谢谢你。这两天，我感觉和你有了一个家。"

她还说："那天晚上，我突然在想，洪水要是不退，我们都死在这儿。这个夏天就是我于小小的最后结局了。"

在这么一个夏天里，我有了一个家，对我来说，是一个好故事了。

2010 年的夏天，实在是个多事之夏。9 月 1 号，学校重新开学，我们回到了学校。之后，漫长的、流动的高三岁月正式开始了。

我的高三，说实话，和中华大地上千千万万个高三一样，没有什么特别的地方。我读书，我考试，我做题，我考上大学。我的青春归根结底，就是这些一项又一项 RPG 一样的任务。我有时会觉得，长大以后我们用各种方式去缅怀它们，只不过是这些事情贯穿在那一年里，恰好就变成了千千万万个青春。

高三的头两个月，因为基础不好，我的成绩彻底报废了，好友孙英镑正好相反，越考越好。我去向他讨教，他说："熟能生巧，你多做题吧。"我拜谢而去，回到座位上，打开课本，开始计算小球在光滑地面上是怎么运动的，等我花半天时间搞明白了速度与加速度之间的关系，我翻到了下一页，我崩溃了，他妈的要我计算小球在宇宙中是怎样运动的！

我放弃了物理，开始钻研语文。一直以来，我的语文老师都觉得我有当作家的天赋，问题是，她并不希望我当一个作家。高中三年来，她一直在试图教导我，让我写出高分作文。而实际情况正好相反，我不仅有作家的天赋，还很有写零分作文的天赋。我的语文老师告诉过我，她最害怕的就是高考过后，她在网络上看见我的零分作文。那只能说明一件事，明年她还要在学校里见到我，那个作文吃零分，滚回来补习的我。

我记得在十月底，语文老师突然发了一份作文样板下来，题材包括历史唯物论、成长励志说、幸福生活好……一共五篇吧，记不太清了。她特地交代我，全部背下来，以后拿去套题，换换素材就好。我花了两天时间，全部背了下来，从那以后，我的作文真的得了高分。我满心欢喜，可是高三一年过后，再去写小说，里面的主角就再也没有什么宿命什么生死了，张口就是司马迁被阉、张海迪瘫痪、贝多芬耳聋、诺贝尔炸死他表弟。现在我龙傲天全部集合在一起，就问你怕不怕……

高三的前半年，我磕磕碰碰，修修补补，稀里糊涂就这样过去了，到最后成绩也没有提升多少，年段两百名上下，二本院校在偏远的山区呼唤着我。

在那个夏天过后，于小小也不再来找我了，她去她舅舅家住了很久，虽然都在同一个学校，却像是失去音信一样。有时候想起她，心里竟很麻木，没有失落，没有爱意，说不上为什么。可能，我们高中时代的感情都像这样，遗忘得很快吧。

14

那年冬天，我浑身都是挫败感，萧瑟中迎来了新年。

大年三十那天，电视里在放《后天》，一部灾难片，讲地球被冰雪覆盖，主角们躲在图书馆求生的故事。我看到一半，突然全城放起了烟花，十二点了。

老妈问我，新年有没有什么愿望？我说："考一本。"我妈满意地点了点头，又说："儿子，你还年轻，考不上也没关系，大不了再读个两年。"说完这么一句非常悲壮的话，我们一起沉默地看电影，电影里的主人公们翻出一本本厚重的教材，愉快地烧了起来。

我心里蛮不是滋味地躲进房间里，翻开一张考卷，看着外面的烟花发呆。后来电话响起，我接起来，竟是于小小。

她说："新年好。"

我说："新年好。你拿到压岁钱了吗？"

她说："还没，问这个干吗？"

我说："没什么，随便问问。"

她说："你听起来很失落呀。"

我说："还好吧。"

她说："学校开了一间教室出来，说寒假可以回学校复习。你来吗？"

我说："看情况，总要等我先走完亲戚。"

她冷不丁问我："你有没有打电话给郑晓燕？"

我愣了一下，老实说："没有。我那时候没手机，没存她的号码。"

她说："我刚才打了，也帮你问了好。她要我给你带话。"

我说："她说什么了？"

她大声说："新——年——快——乐——呀——！"

据说这世上有两种人的年是过不得的，一是高三学生，二是刚走上社会的上班族。上班族就不用说了，赚钱不易，遇上亲戚特别能生的，发红包的时候手都是抖的。高三学生就更美妙了，长辈要审问你成绩，询问你想考哪个学校，你最好老实交代，接受七大姑八大姨的轮番再教育，他们可以不会各种学科，但他们可以祭出别人家的孩子，用论证法教你怎么考出好成绩。

年后我和于小小一起回学校自习。她一见到我，就"啊"了一声，怎么还变圆了？我讪讪地说："不小心吃胖了。"

过了个年，好像大家都吃胖了。我和于小小找了一个靠窗的位置，码出一桌子的书，开始安静地复习。没有想到，孙英镑这货居然也在，

238

他和我们打了个招呼，有点意外地说："你们两个在一起了？"

我说："孙先生，你的思维很跳跃。我们只是一起纯洁地看个书好不好？康康和简在一起了吗？玛利亚就爱上麦扣了吗？柯南就嫁给毛利小五郎了吗？"

孙英镑哼哼唧唧地走了。我心有余悸，真是不知道，万一夏天和于小小睡在一张床上的事被学校知道了，又会有什么反应。我是真不想再到台上去念什么分手协议了。谁要是再这么逼着我，我第一件事就一定是揍死他。我恶狠狠地想。

自习室渐渐安静，只有翻书写字的声音。我咬牙切齿地和宇宙中的小球继续战斗，于小小突然推推我，小声说："这道题你帮我看看。"

我拿过来，是生物，减速分裂，我拿过一张纸，一边画一边说："分裂都是有图可以参照的，你考试的时候，记得提前把这些图背下来，一拿到考卷就画下来，之后就好做了。"我画了一会儿，她凑过来仔细打量，好奇地问我："你画四个火龙果干吗？"

我说："哪里像了啊？"

坐我们后面的男生狠狠咳嗽了一声，敲了敲桌子。我们只好拿笔在纸上聊，她写："小白，你以后打算考什么学校？"

我："清华。"

她："你考得上？"

我："我想不行吗？我还想考哈佛呢。"

她："你正经一点。"

我："福州大学吧，算来算去，可能最后就考得上这个学校了。"

她："我也考。"

我："为什么？"

她："你去年年段两百四，我两百六，应该差不多。"

我在纸上写了一长串省略号，她也写了一长串省略号。后来，我写："上学期怎么我都见不到你？"

她："读书呀。我也要考大学，而且，你也不主动找我，我去见你干吗？"

我："也是。"

她："你小说还写吗？"

我："不写了，你要是想看，等我们考上福大再说吧。"

我们越聊越远，这时，外面突然传来烟花的声音。我抬起头，窗外有一团烟花正在缓缓坠落。

于小小凑了过来。我闻到她身上的香味，不知是喷了香水还是怎么。此时我俩的脸都出现在玻璃上，一高一低，好像在拍合照一样。

一道道白光忽然从地平线上悠悠升起，像是墨水一样绽开、消散。声声闷响，男孩和女孩的脸被映出了五彩的光影。很多年以后，我仍固执地认为，那天夜里升空的烟花，其实就是为我们拍下了一张照。这张照片永远地留在我的脑海里，我那一沓满是尘土的往事里。

15

时间仍然在走，我也仍然在读高三。高三的下半年，我萌生了一个想法，考去很远的地方，一个谁也不知道的地方。

那时候，已经是梅雨时节了，到处湿漉漉的，我们翻开书本，纸张全部受潮，软塌塌地趴在一起，就像那个时候的我们一样。浑身乏力，热情全都消磨殆尽，现在热衷的唯独是趴在桌子上装死。

然而我却一声不吭地考进了年段前百，前五十，前二十，毫无理由地，毫无征兆地，连我自己都不清楚是为什么。

夏天真正来临的时候，高考也近了。我别无选择地越考越好，终于到了年段前十，我想大概是我的神终于明白了我的诉求，给了我我所想要的。可我同时也很伤感，也许这就是我和这个神明的告别了。从今以后，我就只能得到那些我看得到的、摸得到的，再不会像十六岁那年那样，收获一场暴雨。

再见了，我的神明。

火车都将发往明天。

16

那年夏天非常热。

六月初，学校组织我们熟悉考场，我到了教室，惊讶了一下，竟然是我和郑晓燕念分手协议的那间教室。不等我感叹完，抬起头，就看见了郑晓燕。

我想，这天气热得可以，都出现幻觉了。

郑晓燕说："叶小白，好久不见了。"

不是幻觉。

我忘记了，郑晓燕学籍在清流，高考还得回来考试。其实这事还有更离奇的地方，我俩的座位，和我们那年的座位一模一样。我隐约感觉到，这是我那位离开没多久的神明遗留下的一个玩笑。

我们一同走出学校，两个人都神情肃穆，一言不发，像是要出发去砍人。到后来，她打破沉默说："我现在住我奶奶那儿，小黑由我奶奶养着，我看到了，很可爱。"

我说："我去年经常去你房间，去找于小小。"她说："这我倒不知道，发生什么了？"我说："被她撞断了腰，找她索赔。"

这时我就感觉背上被人重重踢了一脚，我回过头，是于小小。

她说："听说你腰又断了，是吗？"

我顿时觉得眼前一黑，有一种偷情被于小小抓包的感觉，随后看了一眼郑晓燕，她好奇地望着我们，我再一次眼前一黑，有一种偷情被郑晓燕抓包了的感觉。神明姐姐，我到底造的什么孽？我明明什么也没做过好不好啊。

出乎意料的是，那天我们三人相谈融洽，在祥和的与会氛围里，我们走在马路上，吃着冰激凌。郑晓燕说："预祝你和小小考出好成绩。"于小小说："我们三个都要考好。"

我说："那我们考同一所大学算了，那样我就有两个女朋友了。"

于小小猛地回过头，幽怨地瞪了我一眼。

郑晓燕在一旁捂嘴偷笑。

17

等着我们整整十七年的高考，终于来了。不管怎么着吧，我和这玩意儿总有一战，要么它死，要么我死，要么名次比我低的人死。十七年了，我们都等着你死我活的这一天。

高考那天县城里很热闹，家长们站在校门口，吃着西瓜、扇着风扇，大声讨论自家小孩。我全家都来了。我妈对我说："别害怕。"我说："妈，我不怕。"我妈说："好好考。"我说："妈，我会的。"我妈说："复读两年家里也是供得起的。"我说："亲妈，我给你跪下了。"

我挥了挥手，告别了一家老小。然而这并不悲壮，因为中午我还得回家吃饭，我老妈势必会用她同情的眼神安抚我，告诉我，不要沮丧，八年抗战也是可以的。

18

高考结束了。有人在撕书，有人在呐喊，有人在裸奔，有人在地上躺着装死。我从他们中缓缓地走出来，仿佛周围一切都静止了。

我心如止水。不过这和高考结束无关，在我的左右手，正走着两位大姐。我忽然怀疑，这其实是一个阴谋，可能她们已经商量好了，准备拖我去切小鸡鸡，罪名是始乱终弃和调戏良家妇女！

我被两大护法送到了我家楼下。她们说："上去吧，毕业快乐。"

我说："你们呢？"

她们说："高考完了，当然是一起出去玩啦，我们就不带你了，你和你自己玩去吧。"

那年夏天，高考结束，我自己和自己玩了大半个月，根本没人搭理我，我只能整天地死在床上。那时于小小和郑晓燕成了好姐妹，成天腻在一起，我死皮赖脸地去找她们，都被她们打发走了。她们还很热情地站在窗口，冲我说："帅哥，有空再来玩呀。"我捂着脸，飞起来走了。

我翻出了账号，回到了游戏世界，那些可爱又迷人的哥布林，在惨叫声中迎接了我的归来。

夏天一天天地走，6月26号，高考成绩发布。那一夜，全城安静，往日在街头闲逛的高三学生，都猫回家查成绩去了。

　　我分数还挺高的，兴高采烈地打电话给郑晓燕，那头却传来于小小的啜泣声。

　　我说："小小怎么了？"

　　她说："我们查了分，她没考好。"

　　我说："我现在过去。"

　　我再一次回到老屋，郑晓燕和于小小坐在一起，于小小脸上的泪已经干了。两人正坐在沙发上吃西瓜，我也分了一瓣，三个人坐在一起，有一搭没一搭地吐西瓜子。

　　于小小眼泪又落了下来，她说："我是不是被你们抛弃了？"

　　我说："不就是高考吗，至于吗？"

　　于小小说："是呀，不就是高考吗？有你这样安慰人的？"

　　我说："你到底考了多少？"

　　于小小报了一个很低的分数。她说："你多少？"

　　我报了一个很高的分数。

　　于小小说："你回去吧，我求你了。"

　　郑晓燕也瞪了我一眼。

　　我讪讪地要走，又被郑晓燕拦住了。

　　她说："今晚你留下来。"

　　我虎躯一震，看了她一眼，于小小也带你看鬼片了？

　　她说："我们有话想对你说。"

　　我当时想溜，没溜走，贱兮兮地留了下来。那就有点赌徒的性质了，这一夜，究竟是被切断鸡鸡，还是发生点别的什么，反正成绩已经出来了，爱怎么怎么，听天由命吧。

我轻车熟路地洗了澡，躺在床上。身边一左一右，躺着郑晓燕和于小小。三个人面孔朝上，一动也不动，像是三具尸体，连个喘大气的都没有。

我说："我们真打算这样看一晚上天花板？"

于小小踢了我一脚。

郑晓燕说："还记得吗？你说我们三个要考去同一个所学，我和小小商量好了，可是小小没有考好。"

我说："我还不知道你的。"

她说："不要问了，我们三个人都会去不同学校。"

我说："那今天晚上，就是我们的道别之夜了。"

我刚说完这话，就感觉被两个人抱着。

我愣了一下，伸出胳膊，搂住了她们。

郑晓燕说："小白、小小，我们三个要做好朋友。"

于小小说："很好很好的朋友。"

我说："永远的朋友。"

那一夜，窗外繁星闪烁，所有的开心和难过都在那一夜。县城里万家酣眠，三个很好的朋友相拥在一起，睡得特别香甜。

然而，其实并没有，于小小和郑晓燕两个女孩子，那一夜的睡相都非常惊人，前半夜还很唯美，后半夜我被她俩挤成了麻花，差点没把肺给吐出来。

我一整夜没睡，第二天顶着黑眼圈爬起来。被她俩狠狠地嘲笑，年轻人，有点扛不住冲动啊。

我垂头丧气，抱着小黑，委屈地坐在床边。

19

成绩出来以后，又是漫长的等待，我被拉着去见各路亲戚，征求他们的意见，我给汇总了一下，有让我去学医的，有让我去学金融的，有让我去学 IT 的，有让我去学厨子的——这个建议来自遥远山村的八大叔。总之，一个比一个不靠谱。

我和大、小老婆商量好了，不管什么专业，都报去省里的学校。补充一句，大、小老婆这个称呼是我起的，并没有获得官方承认。实际上，我们直到最后也没分清楚谁大谁小。两位倒是统一了一下对我的称呼：小叶子。每当她们这样喊我，我都得应一句："喳。"

那段时间我们每天聚在郑晓燕那儿，她奶奶回乡下住，这个房子又变成了我们三个人的家。我们看着于小小的碟，吃着郑晓燕的西瓜，逗弄三个人的猫。窗外的蝉鸣，从正午一直吵到夕阳西下。时间仿佛在那个房子里静止了。

初夏结束的时候，郑晓燕要回市里。

七月的早晨，我们去车站送她。

于小小说："到了那儿，给我们打电话。"

郑晓燕说："从清流去市里很快的，两个小时就到了。"

郑晓燕看了看我。我已经没什么好说的了，摆摆手，说："大学见。"

她意味深长地冲我笑了笑。

送走了郑晓燕，于小小突然回过头问我："你喜欢我多一点，还是郑晓燕？"

我说："我们不是好朋友吗，谁还在意这个问题？"

于小小愤怒地说："我在意！"

那天就这样，莫名其妙，百思不得其解，我和于小小闹崩了。她和我断了联系，确切点儿说，是她中断了一切联系，那年夏天的同学聚会、升学宴，她都没有来。我后来遇到了传说中的林小妖，问她，她说，可能因为没有考好吧，心情不好。她还告诉我，于小小现在在超市打工，但不让我们去找她。

我隐约开始觉得，在于小小的背后，是一个我始终不能了解的女孩。

于是我又一次回到了游戏，这一次，哥布林们已经很淡定了。游戏更新了一次资料片，这群哥布林现在很生猛，建造了堡垒，提升了等级。我被它们追砍了很久，终于意识到了问题所在，我叫来了兄弟和同学。于是局面又一次颠倒过来，一群闲得蛋疼的高中毕业生，和一群忍辱负重的哥布林，陷入了人民战争的汪洋大海。

蝉鸣。游戏。

冰棒。汽水。

夏天摇摆着过去。

八月即将结束的时候，几个玩得来的朋友去 KTV，于小小也在。我问她："怎么去打工了，赚零花钱吗？"

她说："要你管吗？"

我说："你怎么像吃了枪药一样？"

她说："你是我谁啊，管我吃什么？"

我摸不着头脑，也有点生气，点了一首歌，自顾自地唱了起来。我唱得非常卖力，同学们听得痛不欲生，纷纷哀求我住口。再后来，电话响起，我扔下麦跑出去，是郑晓燕打来的。

我说："你在哪儿，怎么那么吵？"

她说："我在火车站。我要走了。"

我说："明天几点到福州？"

她说："我志愿填的不是福州。"

我愣了一下。

她说："小白，这是我最后一次给你打电话。你好好回答我。"

她说："你为什么没有给我回信？"

她说："你要我忘记你，为什么又要告诉我，你爱我？"

我说："信我没写。我们已经分手了，你应该忘记我。"

她说："还记得那年春天吗？我说你像一只中华田园犬，自作聪明，大包大揽。你一直是这样的，优先牺牲自己，以为自己会很酷，其实一点也不。"

她说："我不是没有想过，一起去念大学，只是我没办法再和你待在一起了。和你们在一起，很快乐，但那不是我要的。"

我说："这一年，我也一直想问你。你说以后会告诉我的事，到底是什么？"

郑晓燕说："我要转去市里念书。就这事。"

可我重重地呼了一口气，像是终于了却了一个夙愿一样。

那头的郑晓燕好像也终于如释重负。她说："可能，我真的是一个远行的人，我的学校在北方。对于小小好一点，不要再像当初把我弄丢那样了。"

电话那头传来了火车的长鸣。

郑晓燕挂断了电话。

我知道那个地方，很繁华。冬天很冷，我们这些南方过去的人，据说都不怎么适应。

从此以后，我再没有见过郑晓燕。

20

我沉默不语地回到了包间。拉着于小小，不顾众人的诧异和她的挣扎，走了出去。

于小小狠狠瞪着我。

她说："你又想说什么？"

我说："郑晓燕走了，去了北方。"

她说："她去北方干吗？"

我安静地看着她，这个女孩很不安，她不知道我的脸上因何而悲伤。

一瞬间，所有的往事翻涌而过，暴雨、洪水、小黑、离去的神明，男孩女孩，三个人来不及约定的友谊。我用力地抱住了她，就像抱住了一整个十六岁一样。

21

我一个人去了福州。

于小小没有去上大学。她没考好，亲戚们于是给了她一笔钱，断了经济援助。我也是那时才知道，她消失的那两个月，根本不是因为和我的矛盾，她拼了命地打工，可是怎么也凑不齐学费。

　　她一直是个倔强的女孩，对外什么都不肯说。而我偏偏又迟钝成这样，以为牺牲了自己，其实伤害的都是别人。

　　我在外念书，只有寒暑假回乡。我给她讲大学生活，我说，我会带她去我的学校看看，实际上，一次也没有带她走。2014 年的冬天，她的好朋友林小妖在北京出了事故，她买了火车票，只身一人，去了北方。

　　据说走的那天，她回到了郑晓燕奶奶家，站在楼下，望着那个三人一次次回到的房间。窗帘摆动，里面好像传出了男孩女孩们的笑声。她揉了揉眼睛，空空如也，于是她又揉了揉眼睛。

　　于小小坐上火车走了。那年的三个好友，终于一个接一个地去了北方。

　　我有时觉得真的奇怪，是不是所有的神明都会消失在那个夏天。是不是，从此以后，我们只有在青春时相遇的缘分，没有在未来里重逢的运气。

　　一路向北的路上，

　　那个少女望着窗外出神，

　　又是谁的眼泪滴落铁轨。

　　再见神明。

　　火车都将发往明天。

22

2014 年冬天，我去了北方工作。

有天晚上，陪客户喝到大醉，一个人倒在马路边呕吐。后来酒醒了一点，就坐在人行道上，给自己点了一根烟。工作繁忙，我好像已经忘记了很多事情。

可在那天晚上，我清晰地记起了一张床。曾经有三个人躺在床上，抱在一起。他们都是很好很好的朋友。时间过得好快啊，转眼间，他们都去了哪里呢? 那一夜的满天繁星，它们还在那儿吗?

于小小有天终于告诉了我，她高考失利，其实一部分是因为我。那天她看见我和郑晓燕一起走进考场，做题的时候，双眼一片模糊。可她不怪我，也不怪郑晓燕。她觉得这是她的命，她生来就是一个孤儿呀。所有爱她的人，最后都会离她而去，她这辈子只能用力地去爱别人。

那天考数学，她在草稿纸上，写了一首诗。据说是从我常看的小说里学来的。

吾爱已成。

无论是众神震怒，

还是地裂天崩。

都不能将之化为无形。

她后来还给我唱了首歌。她说这首歌，唱给我们的友情。

有感情就会一生一世吗

又再惋惜有用吗

忘掉爱过的他

......

忘掉有过的家

......

终须会时辰到别怕

请放下手里那锁匙

好吗

......

　　那天北方很冷，一个叫作叶小白的人坐在马路边上，安静地抽着手里的烟。枯叶飘落，万物凋零，他把脑袋埋进双臂之间，安静地想念着他人世间飘零的爱人。

我 的 悲 伤 长 了
一 个 USB

后背总是痒，摸了摸，居然有个很深的伤口。

医生拿着放大镜，在我后背摸了许久，叹了口气。

我说："医生，还有的救吗？"

医生说："你这是 USB2.0 啊。"

"啥？"

我回到家，对着镜子照了好久，没错，后背确实有一个 USB 接口，我摸了摸，已经没有触觉了。医生告诉说，这段时间，经常出现我这种病人。我还算好的，长在背上，有些长在不能描述的部位上，这辈子只能找不能描述的部位上长 U 盘的对象了。

医生给我开了一些消炎药，还给我开了根数据线。

我试着把后背的接口连在电脑上，那台 Windows XP 发出一声熟悉的驴叫。

发现新硬汉。

我去。

电脑上已经出现一个名为叶小白的新盘，容量倒是大得惊人，足足三千个 T。

啧啧感叹："可以存多少东西啊。"

点开来，里面有不少分类好的文件夹。什么高考重点知识，中考课后练习，数据结构知识点，不过基本快空了，还有许多未分类的不可读文件。乱七八糟堆放在一起，也不知道是干吗用的。

我注意到角落里有一个文件夹，叫于小小。

我的高中女友于小小。

死在高中的于小小。

令人惊喜，文件夹里，竟然存有她的照片，还有她的视频。高清，正版，我一张张浏览过去，而后点开视频，眼前忽然一黑。

再睁开眼，发现自己坐在高中教室里，落日余晖照在窗帘上。

于小小回过头，说："叶小白，你今天又迟到，老师罚你扫地。"

我看着她，大脑一片空白，可是身体仍不受控制，嘴里在说："要你乱打小报告。"

"我是为你好。"

"谢谢你为我好。"

我想伸出手，可是身体转身走出了教室。

意识回归，我又回到了电脑前，愣愣地发呆。

电脑提示我，是否播放下一个视频？

我一个个点击了播放，一次次回到记忆里的于小小身边，这些真的只是我的记忆，不论我怎样用力站在她面前，我都发不出一点声音。

02

我说："刷机。"

三合一数码店的老板抬头看了我一眼，剔着牙说："苹果六十，安卓五十，刷机有风险，刷成砖不负责。"

我说："我刷我自己。"

"哟嚯。"老板见到我后背的 USB 接口，搓了搓手，说，"这位先生，您的机好大呀。"

我说："你就说能不能 root 吧。"

他说："国家刚出了政策，不让刷，任何人一旦刷了……"

我说："是怎样？"

他说："罚款五十。"

……

我交了刷机费，还填了个责任担保书。老板说："我纯好奇啊，你 root 自己，是想上天呢还是入地呢？——事先声明，root 后除了提升一点脑控权限外，并没有超能力。上次有位壮士，用百分百脑控去考试，结果括约肌失守，前列腺罢工，你想象一下。"

我没有说话。

三年前，一个傍晚，于小小去跑步，道路发生泥石流，摇摇摆摆，冲走了她。摇摇摆摆，冲走很多东西。

一阵剧痛。我知道那是数据流在刺破我大脑的界限。

03

和我预料的一样，权限被打开了。当我再次回到记忆里，于小小懵懂地望着我，我张开胳膊，用力搂住她。

同学们纷纷起哄。

她说："你你你干吗？"

我说："不要走。"

04

我挽救了那一年的于小小。

回到 2015 年。她牵着另一个男人的手。

白救了。

没关系，一定是哪里出了问题。我打开文件夹，果然，这个文件夹大了不少，一个视频一个视频地观察过去，原来在 2011 年，我们去了不同的学校，日渐有了隔阂。

我再次回去，和于小小一起报了师大。

啪，2015 年的于小小打了我一巴掌。

原来我和一学妹好上了。

我怎么不知道自己这么花心？

再次回去。

做了一个穷写小说的，她妈妈觉得我不稳定，说要拆了我们，顺便拆了我。

那就做码农喽。

妈蛋，2020 年猝死了。

做人力资源怎么样？

2018 年我怎么是个女孩子？

……

我不厌其烦地回头，我坚信在所有平行世界里，一定存在着一个我和于小小的 good ending。

05

这一天，有关部门的人找到了我。

他们说："是你，制造了那些平行时空？"

原来我一次次非法地回头，造成了可怕的后果。蝴蝶效应，让这个宇宙的熵增加了。本·拉登干死了奥巴马，拉美成为世界经济巨头，全球气温升高，ISIS 发生暴动……

作为这一切的源头，我被下令去修正它们。

蝴蝶扇动飓风。我能做的，就是挡住第一秒起的风。也许是一次车祸，也许是一枚螺丝钉的松动。

不知不觉，我三千 T 的盘快要满了。

我删了许多无关的文件，也删了不少不可读文件。

三合一老板让我小心一点，搞不好，那些是我身体的驱动文件。

06

那一天，三合一的老板突然说："你有没有想过，其实蝴蝶，是于小小？"

我说："想过了。"

他说："删掉她的文件夹不行吗，你左边的肺都不能用了吧？"

我摆摆手，说："别吵吵，老子忙着拯救世界呢。"

我走在街上。高楼间吹着风。

突然感觉自己老了很多。

好像有很多年没见到于小小了。

为什么呢？弄得自己这么狼狈。

这样，你才能活着啊。

四千八百二十个时空里，四千八百二十个活着的你。

是不是撕裂的感情都这样奇怪？

我把我所有的记忆都变成你了。

可是我却找不到你。

07

最后一个时空的混乱，是一个匪徒造成的。

他从前是一个热爱学习的好少年，小时候是少先队队长，可惜我来晚了一步，因为没娶到老婆，他当街暴走了。

我说："冷静，有话好好说，四十号时空里我是个 36D 的妹纸，我带她来跟你见见。"

他说："嗯，我也觉得投案自首比较好……"

话音未落，枪走了火，我中了弹。

他看了看倒在地上的我，突然哈哈大笑，举枪开始杀人。

我身体变得冰冷，意识到，原来一切都是安排好的。我必须死在这里，这些因为我而出现的时空才会变得合理。

root 了自己，却 root 不了命运。

08

我再度睁开眼睛，面前是三合一数码店的老板，他叼着牙签，眯着眼睛看着我。

我说："我没死？"

他说："死了的。"

我说："你是神吗？"

他说："让你失望了。我兼职卖手机数据，那天帮你刷机，在你身体里种了一个实时上传数据的病毒，确切来说，你是一个备份。"

他说："我下载了你的不可读文件，用二手的 USB 重新复制了你。"

我说："谢谢。"

他说："你应该明白，谢谢是不够的。"

他说："劳务费五百块。"

09

我恍惚着脑袋，离开了数码店，重新走在街上。

一个熟悉的声音突然叫住我。

"叶小白？"

我回过头，有一个瞬间，三千个 T 的硬盘好像被击穿了。所有的记忆重叠在一起，所有的时空重叠在一起。

高楼之下，地平线上，我和她面对面站在一起。

"你怎么看着老了很多？"

"跑了很多地方。"我摸了摸自己的脸，说，"好几年没见了。"

于小小说："说什么呢，我们不是早上才见过吗？我刚下班，买了菜回来。"

我愣愣地看着她。

我说："回家吧。"

我们牵着手，走在回家的路上。

时近黄昏，路灯全都亮了起来。

她说："叶小白，你下午干吗去了？"

我说："参加了一个国家项目。"

她说："哇，报酬一定很高吧！"

我说："是啊。"

我捏紧了她的手。

Chapter 05

我还小，你别骗我

有时候，远行的意义，可能不是为了诗，不是为了远方，只是为了某个人。为了某个人离开，为了某个人追寻。

远行的
意义

01

我以前听人讲过，每告别一个人，对方就会在你身上种下一颗种子，如苍耳，如小树，很久以后，陪你一起在远方生根发芽。

这会是一个不经意的过程，像你某天在公寓刷牙，不经意间照镜子，镜子里那张脸很陌生，但让你想树苗的主人。

你甚至分不清这是不是错觉，你长得好像越来越像那年你弄丢的某个人了。

02

G是我师父。他是一个传奇，年少时吃过牢饭，出狱后当上畅销书作家，一年赚了上百万，后来下海创业，公司倒闭，欠下了上千万高利贷。原本一段非常励志的个人史，硬生生变成了2015年股票走势图。

应该说，G能把自己混成这样，人生是非常有教育意义的。有天一起喝酒，喝到烂醉的G讲了一个他的故事。

五年前，他三十五岁，女儿刚刚出生。某天家里没奶粉了，女儿哭闹不停，搞得他烦不胜烦，后来他灵机一动，打开一瓶红酒，拿筷子喂给女儿。

女儿不哭了。

醉了。

G的夫人下夜班归来，看见女儿睡得正熟，忽觉不对，抱起来一闻："哟嗬，八二年的？

G那会儿已经打开了大门，准备翻墙逃跑，被飞过来的高跟鞋打下来了。

夫妻两人大吵。

夫人："你拿那么贵的红酒喂女儿！？"

G虎躯一震："你重点是这个？"

一顿高跟鞋猛抽之："我揍死你，让你喂。"

G挨了夫人一顿打，不敢还手，忍着怒火，把家里的红酒全打烂了。夫人脾气上来了，管你打烂的是什么酒，拿着拖把当场就把地给拖了。

那一天，G的家里全是红酒味。

后来红酒蒸发开来，一家三口，包括养的那条狗，全部被放倒。

03

三十五岁的G，正面临着人生中的三座大山：过气了，老婆更年期，他有了外遇。

外遇来自某天的访谈节目，一个女主播邀请他去做专访，讲述一个中年作家背后的心酸往事。

女主播问他："当作家，女粉丝很多吧。"

G呵呵笑："我结婚了。"

女主播问他："老婆是你粉丝吗？"

G呵呵笑："父母给安排的。"

女主播问他："你老婆多大了？"

G呵呵笑："大我八岁——哎，这段掐了别播！"

G和女主播互留了联系方式，本以为唠个嗑就完的事，没想到女主播是个文学女青年，每天夜里找G聊人生。聊人生就算了，还聊感情，聊星座，聊八卦。聊她的意中人，必定是个盖世作家，他可以有三十斤的啤酒肚，但一定要懂博尔赫斯和卡夫卡。

那时G的老婆更年期特别厉害，有事没事把G拎出来教育，让他拖地，让他洗碗，让他换尿布。恨不得G是一条小狗，让他握手就握手，让他趴下就趴下。G没办法，女青年在那头和他抱怨工作，他就在这头诉苦家庭暴力。

一来二去，把外遇聊出来了。

两人的外遇也很有特色，G没谈过恋爱，婚姻是包办的，女青年单身二十多载，两人琢磨着怎么恋爱，怎么拉小手，怎么去宾馆。

再往后就没什么好说的了，女青年表现很好，那一年冬天，被电视台推荐去北京工作。

女青年当天收拾了行李，去找G。

女青年说："行李在这儿，我也在这儿。你离婚娶我，或者我走。"

G说："姐姐你好直接。"

女青年说："G，我年纪也不小了。这个选择不光是你的，也是我的，结婚，或者远行。我能留给你的只有这一夜，我爱过你，所以我交给你选。"

G没有办法，陪着女青年在城里逛了一夜，两人去他们以前谈恋爱的场所，去公园，去宾馆附近转悠，G开着他的二手车，载着她满城慢慢开。

他们一边开，一边回忆他们的非法爱情。可G始终没有发话。

后来，天色破晓。女青年从后座上醒来，头发凌乱地说："送我去车站吧，早上的车。"

后来呢？我问G："那个早上你雄起了，带她领证了？哦不对，你老婆现在还在，重婚是犯法的。"

G点起一根烟："那个早上我没有雄起，晨勃都没有。三十八岁，年纪大了。我送她去车站，我送她一串手链，她送我一块劳力士手表。那会儿我积蓄还很多，手链二十块买的，她去北京身无分文，手表八百块买的。"

04

G送走了女青年，回家后，跪下了。

夫人问他："一夜未归，好玩吗？"

G："不好玩。"

夫人问他："和谁，喝酒，麻将，还是干吗？"

G本可以说是和朋友喝酒，和那群朋友十几年的默契，随便都能糊弄过去。可那天他突然来了脾气，说："送一个朋友。"

"男的？女的？"

"女的。"

"多大了？"

"二十八。"

"什么关系？"

G愣了好一会儿，说："纯洁的男女关系。"

那天G跪得腿都废了，老婆让他起来，他不起来，他就是这么个倔脾气。做男人，要有尊严的嘛，跪下去，驴都别想拉起来，跪了整整十个钟头。

安徽到北京的火车，整整十个钟头。

05

那天我们和G喝酒，原本以为随便聊聊，没想到话题偏聊到他的烧包往事。大家越喝越多，喝到最后，集体倒下。

我说："我酒量不好就算了，你这么能喝，怎么也挂？"

G说："一个男人要是经常喝醉，就能控制自己。要不要醉，全看心情。"

我说："那看来你的心情今天很差啊。"

G接着讲，女青年远行去了北京，工作越做越好，混上了小领导。

后来女青年变得要强，倔强，拼命，她原来脾气不是这样的，和G在一起的时候，温柔乖巧，瓶盖都拧不开，当然后来G知道那是装的。不知道为什么，去了北京以后，脾气倒是变得像G了。

他在安徽这头办公司，养家，没想到经营不善，猛地欠下一大笔高利贷，狼狈不堪。有时回想当初，就觉得自己和女青年像两颗苍耳，两个人各自被带去了很远的地方，不光是距离上的，人生轨迹，再难重合到一起。

四十岁的时候，听说那个女青年被曝出了重大新闻，和电视台领导有染，和高官有染。好几个高官被拉下马。

女青年自己也自身难保，涉嫌行贿，被判了五年。

G 说："记得我最后一次见到她，是在一次媒体交流会上，她戴着我送的手链。她走上来，说 G 你知道吗，我觉得自己越来越像你了，脾气也是，长相也是，不知道是不是我的错觉。我那时见到她就像做梦一样。什么都说不出来，只能讲，你以后有事情，一定记得来找我。没想到啊，她是越混越好了，我却欠下几百万高利贷。"

G 说："可谁又能想到呢，没过多久就出了这事，她进了监狱，我这边又慢慢好转。世事无常，叫人认命。"

我醉醺醺地问他："她监狱在北京？"

"在北京。"

我说："你不是明年也要去北京吗？要去文化圈搏一把。"

G 说："只要我还没老，会去。我知道你个贱人想什么，就是去看看她，总不能劫狱吧我？就是看看，聊聊天也好，跟她讲讲我女儿，以前在一起的时候，她总说我女儿很可爱，像她。"

其实我们那天喝酒，是在为 G 过生日，自从欠下高利贷，他就很难找到为他庆生的朋友了。

那一天的他，四十二岁，人生过去了一大半。生命里倒塌了很多东西，也有很多东西在拼了命地重建。

四十二岁的 G 放下酒杯，眯着眼睛点起了一根烟，手上戴着一块常年和我们炫耀、价值八百块的劳力士手表。

06

有时候，远行的意义，可能不是为了诗，不是为了远方，只是为了某个人。

为了某个人离开，为了某个人追寻。

世事无常，叫人认命，可是我们还能远行，稍稍地弥补一点生命里的缺失。

稍稍地。苍耳各自发芽的时候，总不致那么苍凉。

我曾经深深深深爱过谁

01

我在类似"起点"这样的网站写网络小说。虽然，我很不喜欢写这类"写作不作为"的文字，但为了维持生活，我还是写了。我的读者喜欢我的文字，他们都说，叶小白是个有写作热情的人呢。

我每天只要能写满五千字，就能从一个读者手里拿到两分钱，这代表着，只要我有一万个读者，我就是日薪两百的高收入人群。

然而我没有一万个读者，我只有一个热爱文学的房东。他总是会在我写作的时候冒出来，异常关切地问我："今天日更三篇了没有呀？大结局了没有呀？房租能不能交上了呀？"

我深沉地说："昨天你也看到了，男主人公被雷劈了，让他领悟天雷掌还是霹雳火，这是一个难以抉择的问题。我们的大招，需要时间等待。"

就这样，我把房东送走，点燃一根香烟，泡开一杯浓茶，开始了今天的网文写作。我打开网页，正在思考中，电脑突然叮了一声，是一个读者发来的留言：

叶小白，你让我在小说里跑一个龙套好不好？

PS：最好是王家卫风格。

刚看到这条信息，我立马感到一阵烦躁。以前我曾在一家盗版工作室给别人写小说，其工作内容就是模仿时下最有名作家的文风，写一本该作家的伪作。这类写作比"写作不作为"还要让人身心俱疲。往往是写成一本，拿到的钱都被我拿去买舍曲林了。

我决定拿出一个下蛋公鸡该有的态度来回应——即，不回应。

然而我又迅速改变了主意，因为当我点进这个小粉丝的个人空间，一条重要信息吸引了我。

性别：女。

02

女粉丝的 ID 是陈小 C。

所以那段故事是这样的。

我叫陈小西，朋友们都叫我阿 C。

我有个习惯，在周六晚上剪指甲。以前我常听人家讲，不要在周六的晚上剪指甲，因为会失恋。可很多事情不是你回避了，就能回避得了的，就像这些指甲，你说不剪，可到了周六，你还是忍不住要剪。

3 分 2 秒后，我把剪下来的指甲扫到地上。当指甲全部落在地上，我想，我才没有失恋。

因为老娘他妈连个初恋男友都没有。

03

我把这段故事加进章节，上传到网站，随后神情严肃地翻看她的个人空间，就在我要点击查看相册的时候，叮——

死小白，敢不敢再敷衍一点？

又过了一会儿，一次性闪出来两条留言：

你以前在工作室的功底呢？

我是工作室的陈小西。

我拿着水杯的右手突然一个不稳。

04

两年前，我和我的女朋友在工作室里工作。

我和工作室的老板在网络上相识。当时他告诉我，这是一家很有前途的工作室，半年实现盈利，一年码洋百万。至于我的成名，捎带手的事情啦。

当时女朋友在工作室里担任助理，她时常在我们憋不出任何文字，扭打在一起企图效仿搏击俱乐部的时候，冲上来拉开我们。然后大声数落："打什么？怎么不打字啊？这个月工资还有钱发没有？"

老板头一缩。

"这个名还成不成？"

我的头一缩。

总之，女朋友这种生物的存在，很好地协调了我们剑拔弩张的气氛，使得我们一腔阴郁，能够对准键盘狠狠发泄。那些传世文稿最终一部部地成型，被我和老板一一送往出版社，又被出版社一一送往废纸厂。

05

对工作室最强烈的记忆，是去年夏天。2013 年，福州的夏天，我一直描述其为一个吃屎的季节。在夏季独有的燥热里，仿佛每一个角落都变成了蒙克笔下的《呐喊》。

我的女朋友担任着助理，事实上，她不光是助理，全公司就我们三个人，她同时还担任了前台、业务员、商务经理等多个职位。私底下，我和老板都觉得她上辈子，很可能是爬上了帝国大厦的那只威武大猩猩。

我记得她的眼角有颗痣，我说那叫泪痣。她说，就是黑色素。

我说其实我在工作室挺累。

她说那就别干了。

我说那不行，我要出版，我要出名。

她说那然后呢。

我愣了好几秒。

她说她其实也挺累。

有机会挺想去旅游的。

跟我和我老板。

我说不错啊哈哈。

她说她毕业也快两年了。

当初怎么摊上我这个就会啊哈哈的男朋友。

还有那个一天到晚瞎扯淡的老板。

我说你没事老提他干吗？

她说没什么。

低下脑袋不说话。

那天她穿一身黑色的正装，我和她站在广场的背面，亮如白昼的灯光一点点吞噬了我们。

06

工作室的生意最终在 2013 年的秋天走上正轨。我们的小说在一次漫天的投稿中，被一家出版社相中，最终我们以《一座围城》《暮光幻城》《我曾经深深深深深爱过谁》等奇葩作品一夜成名。网络上的人们都评论我们说："吓死宝宝了。"

那些夜晚是属于秋高气爽的。工作室里加入了越来越多的新人，我们账上的钱开始直线上涨，我成了工作室的总编，在那个秋天，我写下一篇炮制伪作的写作指南，作为员工守则分发给了我的手下。

"年轻的时候为生活所迫，我山寨过一些作家。现在我把我的经验分享给你们。

"要模仿安妮宝贝一点儿不难，我教你们。你们把你小说里面大部分的逗号改成句号，就差不多了。我知道，这里肯定有人要骂我。可你迷失了我们的关系。你的骂声逃不出黑色的梦魇。他日在另一个城市相见。若还是想破口大骂。恳请你一定不要忘记——句号。

"同样，模仿韩寒也不难。首先，对话要简单。其次，要像写剧本一样描写角色对白。"

我说到这里，顿了顿，对一旁的陈小西说："小西，你听懂了没？"

小西说："听懂了什么？"

我说："你们看，她懂了。"

小西说："你妹……"

同理，还可以模仿郭敬明。我穿着 Gucci 站在街头，消瘦的脖颈上缠着 Hermes 围巾，阳光打在我的 Patek Philippe 手表上，明亮的反光照映出我四十五度侧脸的忧伤。我叹了口气，我打从心里明白，随着落日的钟声响起，我们的青春就再也找不到了。

这时候小西走了过来，她穿着素裙，飞扬着。她说："叶小白，我知道你不舍得我走，可我也知道，你这个王八蛋很快就会忘了我。所以，请让我留在爱与痛的边缘。"

我站在晚风与钟声里，温柔地目送着陈小西远去了。

07

我这个人有个非常不好的毛病，那就是健忘。事到如今你让我完整地回忆我和小西是怎么分手，我和老板是怎么闹翻的，我回忆起来真的有些困难。

有一年秋天——我是说，去年的秋天。那天天气好极了，我在家里完成了一份稿子，模仿余华而成的《大家一起来比惨》，匆匆打印出来去工作室交稿。那天气温还不算太低，我只穿一件衬衫，神情愉悦好像中了大乐透头奖。

当我推开老板的门，我看见两个熟悉的身影纠缠在一起。秋日的光从窗户照进来，他们的影子被拉得极其细长。

场景很美，我竟有一种撞破别人好事的自卑感。

和小西回到公寓后，我们始终保持着沉默。

我连喝了好几口热水，我问她："我们还处吗？"

"别问了，是我对不起你。"

我想想，说："那倒不会。"

"你打我吧。"

"算了。"

"你怎么这样！"

"你想我怎样？"

"难道还要我教你？"

"我只想问，他真的那么好？"

"还好。"

……

"你为什么不生气？"

我低下头，说出了大概是我这一生中最愚蠢的话。我这一生做过很多蠢事，也说过很多蠢话，但那句话，真的是蠢到了极点。

我说："我爱你。"

她终于怒不可遏地站起来，她把杯子里的热水全洒在我的脸上，她说："叶小白，你他妈的大傻子！"

08

那个冬天我心灰意冷，我如丧考妣，我垂头丧气，我决定去死。

我找了很多种死法，为了能让自己死得优雅而又有骨气，我查阅了各类资料，比如中外花式跳楼大全，割腕竞速锦标实况，人作死就会死之服毒篇……

最终，我决定跳河。

我是这么考虑的，我不会游泳，入水沉底，绝无例外。小区外面有一个人工湖，据说湖深三米，至今没有死过一个人。再没有比那里更适合做我的死无葬身之地了。我为此而激动不已，甚至在临死前的一个晚上失眠，脑海中勾勒出一幅画面：叶小白从水里浮起来，他已经死了很久了，可是没人发现他，所以他就这么面朝上地浮起来，安安静静地，在水里漂啊漂啊……

第二天，我穿上我最喜欢的T恤，像一个扑向泳池的人在四下无人的夜风中冲进了人工湖。湖水冰凉，我呛了几口水，在水中挣扎着，沉浮着，我即将像想象中的叶小白那样死去了，我手舞足蹈，上下翻腾。过了不久，我越挣扎越有力气，翻腾得越发熟练，头脑发热……

总之，那个冬天我心灰意冷，我如丧考妣，我垂头丧气，我……我不小心学会了游泳。

09

那头的陈小C在线，我喝了两口热水，敲打键盘。

"你来做什么？"

"没什么，就是想起你这个老同学，今天我把能订阅的都订阅了，不用谢我。"

我迅速地退出聊天界面，打开支付宝，果然，账户上出现了一笔不多不少的钱。我一时陷入各种情绪当中。作为一个文学界的基层劳动者，我不是没有设想过富婆要包养我的情节。但这显然离富婆包养我还太远。首先，我经常照镜子。其次，她不是富婆。听说工作室最近的形势渐微，早已大不如前。我冷哼了两声，我想，现在的女人，都喜欢装圣女。哪一个分手不是为了更美地复合？哪一次绝情不是因为爱得太深？

我打定主意，不论她说什么，即使是重修旧好，我都要用圣斗士一样的力气回绝她。

我说："我知道你想说什么，你直奔主题，有话直说。"

她说："叶小白，我结婚了。"

10

有时候我会很怀念在工作室的日子。特别是那个 2013 年的夏天，那些未来如同眼前一样模糊的黑夜。那一双双飞蚊症肆虐的眼睛。我和小西、老板，我们三个走在广场的背面。当时的我们都没什么钱，可后来的我们都变了。

他们有彼此了，我好像什么都没了。

等一下——不能这么说，这么说会显得我颇像一个小怨妇。其实我并不怨妇，为了证明我是开心的，我曾模仿痞子蔡，写过那么一段文字。这段文字足以证明我一点也不哀怨。

如果我有钱，我就不写小说。

我写小说吗？写。

所以我没有钱。

如果我有女朋友，我就不看 AV。

我看 AV 吗？看。

所以我没有女朋友。

如果连小说和 AV 都拿走，我就会气得生活不能自理。

我有小说和 AV 吗？有。

所以你看到了，我很开心。

我开始剪指甲，当我把剪下的指甲都扫在地上，我告诉小西，她的婚礼我没时间去。我很忙。我关掉了网络，实则不想面对她的死缠烂打，我更怕她突然冒出来一句煽情的"我曾幻想和你出现在同一场婚礼上"，那简直是逼着我再把支付宝里的钱打还给她。

我对自己发誓，谁去谁傻瓜。

11

陈小西躲在房间里写小说，她在写一部名字叫作《我曾经深深深深爱过谁》还是《谁曾经深深深深爱过我》的长篇小说。

她的朋友叶小白在家乡开了一家夜总会，正在两个人的事业都策马扬鞭的时候，一个噩耗来袭：夜总会被查封了。叶小白匆匆找到陈小西，他慌张地说，完蛋了，股东们的资金都被冻结了。

必须一提夜总会的股东有两个。叶小白技术入股，一人担任牛郎招待前台保安洗脚小哥等工作；陈小西则资金入股，把自己用于自费出版的钱提前投资给了叶小白。

两个人收拾行李。叶小白不无遗憾地说，我本来还想看你小说的，现在看来是没戏了。

陈小西说，我们先跑路好吗？

叶小白说，我们走。

陈小西说，我是说跑。

叶小白说，嗯，我们跑。

陈小西说，下次韩寒出来的时候先和我说一声……

两人于是一路向西，远远地，远远地跑了开去，就像两个单纯而孤独的孩子。在那个烈日灼灼的七月盛夏，他们在都市的那些背面中断断续续地活着，甚至连彼此的样子和名字都记不清了。

……

《我曾经深深深深爱过谁》

12

婚礼那天现场很吵，大家只能大声说话以保证不被淹没。

"我很高兴你这个老员工能来。"老板大声说。

"好久不见，小西变漂亮了啊。"傻瓜大声对老板说。

13

小西的婚礼在一个说不上名字的地方举办了，总之，很豪华。我封了红包，堂而皇之地坐在我以前的手下中间。小西和老板上来敬酒，我金刀大马地说你们得多喝几杯，多喝几杯。小西用灵巧的舌头说得我把多出来那几杯都喝了下去。

等我醉了，我拉住身边一个小年轻不放。我说，以前小西说话词不达意，现在也言简意赅了啦。我说，小西以前眼角有痣的啦。我说，我真的只是路过看到有人结婚的啦。我说，你跑什么啦。

那人简直要哭了，他大声说："白哥，这件衣服很贵的啊。"

我差点都要忘记了，小西以前真的有泪痣。

"小西，你的泪痣很好看啊。"

"我一直都想点。"

"你知道钱锺书和钱穆的关系吗？"

"我知道钱学森。"

"我希望我能出名。"

"挺累的不是。"

"小西你到底为什么要跟着我来工作室啊？"

"你。"她说。

2014 年的春天，我出席了一场盛大的婚礼。那个被我吐了一身的小年轻呜呜呜地哭，我笑嘻嘻地看着他，说对不起啦。

2014 年的春天，我出席了一场盛大的婚礼。"我曾幻想和你出现在同一场婚礼上。"这句煽情到恶心的话谁也没有说出来。虽然这句话曾被我写成小说，被小西夸很有琼瑶阿姨的范儿。

2014 年的春天，没有什么彻底改变了，婚礼过后，我依旧是那个穷写小说的。我依旧写着"写作不作为"的小说，依旧遗忘着那些我以为难忘的事情。

你知道。我曾经深深深深爱过你，我会努力努力忘掉你。

大学城妇女之友

01

阿希是我舍友。

大一那年，阿希买来一台像素极高的手机，于是迅速地爱上了摄影。可问题在于，经由他手拍出来的女生，要么变得一脸智障，要么变成一个往事沧桑的风尘女。每次班级活动，只要有他在场，女生就会咬牙切齿地对他说："不许把我的照片传到网上去。"

我们因而戏称过阿希为"阿希"。

阿希后来还弄丢一个 U 盘，大家都说，会火。不过那时候的阿希，已经没工夫和我们抬杠了，他，相当生猛地，一见钟情了。

据阿希描述，某天早晨，阳光正好，他去教室做工图，遇见一个戴黄色帽子的女生，长相酷似刘亦菲，也在做工图。在她的笔下，那些条条框框的线条，就不是线条，而是通往他浪漫之都的地图。

他给小黄帽拍了两张照片，决定拿这两张照片当契机，去要个联系方式。我们非常担心，小黄帽会以为他是来勒索的。

我们多虑了，阿希犹豫了两个学期，他在想自己是该用"同学你照片掉了"作为开场白，还是套用《红楼梦》里的"其实我们是见过的"呢？两个学期下来，没敢和女生讲一句话，生怕她发现自己想泡她。

后来他发现，年段里一男生向小黄帽要了联系方式。

他开启暴走模式，当夜就决定了开场白。别《红楼梦》了，同学，我看你印堂发黑五行缺我。

第二天，男生向小黄帽表白了。

男生抱得黄帽归，他瞠目结舌。现在的大学生办事情太讲效率了点吧？！

于是在那接下来的很长一段时间，阿希每天都在重复这一句话：我真傻，真的。

有一天他终于鼓足了勇气，对那女生说："小黄帽，祝你们幸福。"

女生万分诧异："小黄帽是谁？"

他说："哦，没什么。"说完就很酷很酷地把手插在兜离去了。

回顾大学四年，阿希发生的很多爱情，大多是类似爱情的东西，他总是一声不吭就爱上对方，默默地爱了很久，然后毫无征兆地放弃。现在想想，好环保啊这哥们儿。

02

对自己初恋说出的第一句话，竟是道别。阿希感到无所适从，后来他不知从哪里打听到我经常失恋，他找到我，说："情圣，你教教我吧。"

我说："教你追女孩子吗？阿希，你太浮躁了。"

他说："大家都说你比较有经验，你教教我怎么走出失恋的阴影吧。"

我说："我还是教你怎么追女孩子吧。万事从头起，阿希，你还是太浮躁了。"

我把我高中的经历讲给了他。很快地，他找到了自己的存在之本，他变成了备胎。

不知道是不是受小黄帽的影响，他后来诸多玩得来的女性好友，均是有男朋友的。我问他："准备挖墙脚？"

他鄙夷地说："想什么呢你？我和她们很纯洁的。我就是喜欢一个人，也绝不主动干出这种恶心的事。"

我长长地哦了一声，这是要备胎到死了。

大学四年，阿希和我的关系较好，他的女性朋友，正当的不正当的，我基本都能数出名字来。我亲眼见过的是一次，一个女生和男朋友吵架，泪奔而来。阿希带着她散步，去校外吃甜点，一起说她男朋友的坏话。

就在阿希向那女生朱唇微开，"你觉得我……"的时候，她男朋友出现了。

男朋友问她："还生气吗？"

女生说："不气了。"

男朋友和女生一起对阿希说："谢谢啊。"

阿希摆摆手说："啊，应该的。"

我在一旁看得整个人都西伯利亚羊驼了。

那时候，还经常流传有备胎界的奇闻。某男备胎多年，女主怀孕，和男友分手，备胎带她去打胎，倾家荡产给她坐小月子，女主十分感动，说："你是好人。"然后和前来道歉的男友复合了。

我问阿希怎么看，他很愤怒，说："太可恶，打胎伤身体好吗？"

好环保啊这哥们儿。

03

后来，阿希励志了。他的备胎业务不断扩大，从大二到大四，从学妹到学姐，到处留下了他纯洁的男女关系。

我们深深折服，谁能想得到，这还是个云备胎啊。我们纷纷赠给他新外号，大学城妇女之友。

妇女的好战友，人民的好兄弟。

您永垂不朽。

阿希备胎的所有女生中，有一个，他可以为选择她而去死。这其实是件没办法的事——他现在是太多人的备胎，每一份付出都必须区分开来，推行科学管理，实行有效分工……我们都觉得业务再这样拓展下去，这家伙搞不好某天会突然拿到天使投资。

女孩名字中有一个玲字，阿希很诗意，给她起外号叫小铃铛。关于我们怎么这么热衷起外号，你得体谅，作为一群苦逼大学生，我们也就这点乐子了。回忆起阿希的备胎之路，小铃铛无疑是最特殊的那一个。面对这个女孩，他选择死亡。

小铃铛走进阿希生活里那天，天上下起了淅淅沥沥的雨。

当时小铃铛抱着书本，站在走廊上，望着楼外秋雨。面对雨天，人们似乎都很容易感觉到忧愁。她轻轻地叹了一口气。

后来我们从教室里走出来，阿希问我："带伞了吗？"

我说："有一把。"

他说："借我，明天还给你。"

他借走我的伞，热情地邀请小铃铛一起走了。我站在走廊上，望着楼外秋雨，我感觉我很忧愁。

果不其然，阿希又一次当上了备胎。小铃铛有一个在外地念书的男朋友，俗话说得好，只要墙脚挖得好，没有异地分不了。起初，小铃铛很厌恶阿希这种不请自来的人，可是后来发现，阿希这货人畜无害，唯一的愿望，就是做一个安静的备胎子。小铃铛不好意思当面拒绝，又不能背地里砍他，只能默默地接受了。

阿希后来告诉我，其实那会儿他早就已经玩腻了，像一个御女无数的花花公子，在这个大学城，备胎界数他是王者。可那天小铃铛的叹气，让他想到了自己。一场雨一场雨打过大地，他付出过一次又一次的努力，还是得不到任何人的驻足。至于小铃铛是不是在为这等奇葩事情叹气，他懒得管了，就当是吧。他又有什么理由不对自己好一点？

他帮她充话费。她和男朋友是漫游，话费用得快。

他帮她打饭。她忙着思念男友，只有时间吃外卖。

上课占座，下课打水。

你在干吗呀？哦，你在洗澡。

早安。午安。

晚安。早安。

当我们质疑他没尊严，他义正词严地告诉我们，喜欢一个人，就是卑微到尘埃里，然后从心底开出花来。

一万头西伯利亚羊驼从我们心头奔驰而过。

那会儿他还变成了张爱玲的死忠粉丝，因为每当他翻开她的书，他就终于能名正言顺地念出来那两个汉字——"爱，玲"。

04

后来有一天，小铃铛和男朋友闹分手。

阿希精神抖擞，西装革履地跑去安慰她。

刚到门口就被人给轰出来了。

小铃铛说："是我提出的分手，但不代表我就会接受你。我甚至都不想感谢你。你不觉得自己很烦吗？"

阿希虎躯一震，说："哦，那我先回去。这袋零食你拿着，要记得按时吃饭。"

阿希转过身，很酷很酷地走开。

小铃铛又说："你回来。"

阿希屁颠屁颠地又跑了回来。

小铃铛说："对不起，不应该这样说你。你其实是个好人。"

阿希说："是呀，她们都这样说。"

小铃铛说："她们？！我去你大表舅的。"

阿希后来感到很困惑，那天他到底是被发了一张好人卡，还是弄丢了一个千载难逢的机会？唯一可以确定的是，他现在说什么都晚了。

他找我去网吧打游戏。送出一个个助攻，被抢走一颗颗人头。他FUCK一声，冲到塔下喊："这都是为什么啊？"不负众望地，他被打爆成一地金币。

我们下了机，一起走回学校。他问我，为什么？他说："我只是想用纯洁的方式，去获得她们的芳心，这是我的错吗？我不过是不想玷污每一份爱情啊。"

我想了想，说了句："你活该。"

05

回顾起阿希的这四年，他备胎过的女孩，换了一拨又一拨。他就像一个中转站，面向所有人开放，你进来，什么都不用做，只要不让他的生命太过冷清就好。

而小铃铛，就像是中转站里的长客。她知道自己不会在这里定居，她只是恰好来到这里，要了一杯热茶，望着窗外，等一个来接她的人。

谢谢你廉价的温度，但你要明白，那不足以带我走出寒冬。

06

当宿舍楼下的歪脖子树又被风吹歪了脖子，我知道，学校里又一拨人要毕业了。和以往不同的是，在这一拨人里面，终于有了我们的名字。

我们变成了校园治安隐患，喝酒，深夜归来。抱着路灯，喊一些人的名字。抱着彼此，发达了千万千万不要忘记我。

送别那天，阿希去送小铃铛。回来后，我们发现他手里多了一瓶二锅头。

我说："表白了？"

他说："没有。送她上车走了。"

阿希说，那天他送小铃铛去车站，两人聊了很久，讲自己的生活，讲他们还没到来的未来。他们两人，一个在福州，一个回家乡，相隔倒不是很远，不过工作繁忙，想要再见面，可能会很难。

后来小铃铛对他说："谢谢你，再见。"她走上来，抱了他一下。回首阿希做云备胎的峥嵘岁月，他付出，他牺牲，换不回一个他渴望的结果。他本该高兴，多么意外的一个收获，像一次无本的买卖。

可是那天，当他送走小铃铛，走在回宿舍的路上，他突然觉得很难过。

因为他知道，随着这个拥抱，他的青春，全都结束了。结束在了这个六月，结束在了大学城，结束在了那个带走他的青春、只留给他一个拥抱的女孩的怀抱里。

风扬起沙

01

大学时期，因为我老写格调阴暗的小说，我的辅导员认为我脑袋壳坏掉了，劝我去看一看心理医生。

我去心理社，一个叫陈心的女生接待了我。

她说："来啦。"

我打了声招呼。那时我是武协会长，学校里的人大多都认识我。

她说："今天找我有什么事吗？"

我说："我的辅导员觉得我抑郁。"

她说："那你抑郁吗？"

我说："我哪儿知道，我就来你这儿打个盹。辅导员占了我的位置，和我舍友聊人生呢。"

陈心乖乖地走开，我躺在按摩椅上，不一会儿进入了梦乡。醒来的时候，发现陈心还在边上，仍在接待同学。

那同学说："我想算姻缘。"

陈心说："你好，这里是心理社。"

那同学说："那就算事业吧。"

陈心说："同学，我觉得你确实需要心理医生。"

那同学说："对呀，你不就是吗？"

陈心说："那么你有什么心理问题吗？"

那同学说："我想算姻缘。"

陈心崩溃了。

我也崩溃了。

02

送走那名执着的同学后，我和陈心坐在心理社里聊天。

陈心向我诉苦："现在的病人越来越不专业了。我就喜欢你。"

我说："嘿嘿，嘿嘿。"

她说："你最像个有心理问题的人了。"

我说："谢谢！"

她告诉我，心理社原本就是一个很小的社团，加上这两年人气下滑得厉害，轮到她当社长的时候，全社团就只剩下她一个人。

我说："也好，清静。"

她说："不好呢。学校有硬性规定，如果全社不足十人，撤销社团资格。有人通知过我了，再过一个月，就要把这间活动室收回去。"

她指了指那台按摩椅，说："也包括你的狗窝。"

我问她："你很喜欢这个社团，是吗？"

她说："我从小就喜欢心理学，唯一参加的也是这个社团，时间一长，产生感情了。"

我说："嗯，那是挺遗憾的。"

我突然觉得哪里不对。我看她一眼，她也看着我，还冲我眨眨眼。

我起身就走。

不出所料，她抓住我的衣领，我原地一个趔趄。

她说："枉我跟你煽情半天，叶小白，你也太无情了吧？"

我说："大姐，我真的只是来睡个午觉啊，我哪会经营社团啊我？"

她说："你可是武协会长呢。"

我说："去年春天，猜拳当上的。"

她倒吸一口冷气。

她想了想，说："我不管。你的辅导员让你开的鉴定单子还在我手里呢，你要不帮我，我就撕了它。"

我欲哭无泪地说："不带你这样绑票的啊。"

03

我被迫加入了拯救心理学社小组。

我的辅导员是一个执着的男人，他告诉我，如果拿不出鉴定单，他就会隔三岔五地来我宿舍，不排除把我的事迹告知我的家长。对于后者，我倒是没什么意见，我妈深知我的德行，只要我不给她抱个孙子回去，她是不会有什么太大动静的。

然而我的舍友们很有意见，每次辅导员打发走我，让我出去感受外面世界的美好，他就会和他们聊上三个小时，内容从天文到地理，再到世界经济和石油体系，最后劝他们要好好学习。

我给陈心提了很多点子，诸如举办联谊会、在校门口义卖、上街头发传单，等等。考虑到"同学你需要一名心理医生"，太像一句骂人的脏话，宣传口号被我们改成了：帅哥，解梦吗？这次像发小卡片的。

陈心告诉我，她有多年的心理咨询经验，其实了解了之后就会发现，心理学很有趣。

我好奇地问她："你能不能看看我的心？"

她说："你这个要求有点血腥呀。"

我说："就是'我是个什么样的人'的意思啦。"

她说："说话拐弯抹角，不是好人。"

我气得刘海都三七开了。她说："好了啦，我认真一点。"

她问了我一堆奇怪的问题。

她说："想象你是一只狗熊，你刚打劫了蜜蜂一家，打包回来一缸子蜂蜜。你觉得蜂蜜是甜的还是咸的？"

我说："甜的吧，我喜欢甜食。哪有咸的蜂蜜啊？"

她说："这时候，有一只小鹿快要饿死了，它问你要点水，你是给它水，还是蜂蜜？注意哦，给它蜂蜜，你就得挨饿。"

我说："给蜂蜜呗。我都胖成熊了，就不怕饿了。"

陈心意味深长地看了我一眼，说："叶小白，你很自私。"

我一愣，说："为什么？"

她丢给我一本弗洛伊德，说："自己参悟去吧。"

04

那段时间，我像是一名卖春女子，每天坐在心理社大门口招揽路过的同学。偶尔有人停下脚步，好奇地问我："心理社是干什么的？"我就会非常非常认真地告诉他，自从学习了心理学，我就有了本我、自我、超我——我练成了分身术。

每逢此时，陈心就会抄起那本弗洛伊德往我头上狂敲："让你瞎讲。"

那本弗洛伊德我就看了个开头。老实说，一直到毕业，我也没能搞明白，那三个我到底是哪三个我。我的舍友向我讨教，我憋了半天，只憋出来一句：我去，我的妈呀。

那一年，在我和陈心的不懈努力下，许多对心理学感兴趣的同学加入了社团。渐渐地，达到了四十人的规模。我这样和我的老妈吹牛："可以开十桌麻将了。"

我们开办心理社的见面会，陈心讲起心理社的一些历史，还说，她计划和大家办一份报纸。

我站在一旁，形同一座雕塑。从小到大，一上台我就紧张。按照陈心的说法，这是缘自我内心深处的自卑。放弃好了。

台下社员突然起哄说："陈嫂，陈嫂，讲两句。"

我左顾右盼。

我反应过来，说："啊？我啊？"

陈心笑着说："大家都觉得你像我的小老婆。"

我蛮委屈地，扯了些有的没的。

散会后，我问她："陈老师，我可以走了吧？"

她没说话。

我说："喂，说好一手交钱一手交货的。"

陈心抬起头，满脸委屈地看着我。

我吃惊道："你没事吧？"

她递给我那张鉴定单，低下头说："没事了，你走吧。"

我莫名其妙，走出去一段距离，还是觉得不对，又返回来，就看见她坐在椅子上，灯光昏暗里，她低着脑袋，看着自己的脚尖。

我终于崩溃了，我打开灯，说："你到底想怎样啊？"

她说："我想让你帮忙，让心理社做成五星级社团。"

她突然又叹气，说："你不帮也没关系，我不难过的。"

我绝望得刘海都中分了，我说："帮帮帮，我帮还不行吗？"

她抬起头，快乐地说："知道吗？叶小白，这就是你的弱点，你的心太软了。"

05

被一个人知道弱点没什么。被一个致命的女人知道弱点，这才是最要命的。

问题在于，我除了拿处分和吃零分两件事外，根本不知道怎样获得学校的评分。朋友建议我们，去登一次跨年晚会。跨年晚会结束之后有评比，如果节目排在前三名，就能荣登五星级社团。

我和陈心眼前一亮，随后又重重地叹气。天知道，一群学心理的能上台演个什么。总不能向台下观众普及一下性错乱的起源吧，那就变成一档生理节目了，我们会集体出现在处分墙上的。

陈心问我："你上去表演武术怎么样？"

我说："这和心理学有毛的关系？"

陈心说："没有毛的关系。"

我们一同惆怅地抬头看天。

天空飘来五个字：作弊乃作死。

那是本校的宣传横幅，被大风吹上了天空，一群学生会的同学正在马路上发疯似的追赶它。

陈心突然大声说："有了，演小品怎么样？"

我说："好想法，用小品折射心理现象。我演什么？"

她说："你本色演出。"

我说："一个有担当的男人？"

她说："一个考试作弊的狂躁症患者。"

我说："那你呢？"

她说："一个有担当的拯救你的女人。"

06

在大家东一榔头西一棒子的建议下，很快地，我设计好了剧本，大致内容如下：

叶小白不爱学习，贪吃贪玩。明知考试临近，却不肯用心复习，这让他自己也很痛苦。

考试当天，叶小白打了小抄，被陈心扮演的监考老师当场捉住。人赃并获的叶小白，在地上一边打滚一边痛哭。

陈心询问了叶小白的情况，她告诉他，这是由拖延引起的狂躁症，并最终导致一系列恶性行为的发生。解决办法是多做运动，合理规划时间，没事就多出去走走。

陈心还安慰他："叶小白同学，我只是取消你的学位证而已，没关系的。"

故事的最后，天空飘来横幅："作弊乃作死。"

我们捧着这份剧本，齐齐地哇了一声。

众人啧啧称叹："高潮迭起，引人入胜。"

陈心说："就是横幅有点不合理。"

我思考了一下，觉得有道理，于是又加上一段：叶小白暴走抢夺横幅，故事在学生会对叶小白的疯狂追赶当中结束。

我们捧着这份剧本，再一次齐齐地哇了一声。

07

那段时间，我们聚在活动室里排练。设计对白，做情景模拟。那时我们是快乐的，为一个目标而共同前进，就像是一同抚养一个小生物。

有一天，我和陈心讨论剧本到深夜。回到宿舍，才发现舍友们都睡着了，门也上了锁。

我抱着睡大街的想法，走出了宿舍楼，有一下没一下地踢着一块石头，在学校里乱逛。

那时还是春天，冷风一起，我浑身都在发抖。后来我路过女生宿舍，发现陈心也在楼下发抖。

我问："你怎么不上去？"

她说："没带门禁卡。"

我说："我舍友都睡死了。"

我们两人一起在角落里发抖。

我说："这样不行，去开房吧。"

陈心斜斜地看了我一眼。

我摆摆手说："当我没说。"

她想了想，突然说："算了，你跟我回家吧。"

直到那天，我才知道，陈心是本地人，家就住在福州。我们拦了一辆出租车，在大半夜的时候到达了她家。当她敲开家门，她的父母看见闺女深夜带了个男人归来，这对父母震惊了。

陈心说："爸，妈，他是我的副社长，我们排练晚了，我带他回来过一夜。"

陈心说："小白，这是我父母。"

我们寒暄了一阵，走进了她家。她家的装修很精致。我和陈心尴尬地坐在沙发上，厨房里，隐约传来她父亲的声音："热壶酒，我跟那小子好好聊聊吧。"

陈心大声说："爸，他真不是我男朋友啦！"

08

陈心洗了澡，困得直打哈欠，和我说了声晚安，就睡觉去了。

后半夜，我躺在她家书房里，干瞪着天花板，大概是认床，怎么也睡不着。后来，我走下床，从书柜上拿了一本书，胡乱翻着。

门外突然一阵响动，有人推门走了进来。

我回过头，竟是她爸。

我说："伯父？"

他吓了一跳，说："还没睡呢？我走错房间了，呵呵，呵呵。"

他关门走了出去。

我丈二和尚摸不着头脑，随后意识到，她爸这是查夜来了。

第二天早上，陈心感到很奇怪。她说："你们怎么都一副没睡好的样子？"

我和她爸一人顶着一对黑眼圈，一阵尴尬地笑。

那天我们吃过早饭，告别了她父母。陈心换了一条白色裙子，踢踢踏踏地在路上走着。经过一棵榕树的时候，她伸出手，碰了一下我的手臂。

我说："怎么了？"

她说："你跟我，这算是见过家长了吧？"

我说："这算吗？"

她说："算吧。"

我彻底地折服了。我说："你们一家就真没把我当外人啊。"

09

我们的跨年表演很成功，不知道是不是因为我的缘故，观众们都说，演得很好，就是总担心你在台上打起来。

我和陈心也是在那时走到一起的。心理社评上了五星社团，她热泪盈眶，我热泪盈眶，社员们热泪盈眶。大家聚到校外吃烧烤，我和陈心宣布了我们喜结连理的事情。

社员们表示吃惊："你们不是一早就在一块了吗？"

感情是两条交汇的河，不知不觉中，难分难解。我现在回忆那一年，有一大半的时间，是我和陈心在活动室里打情骂俏。她给我讲梦的解析，讲社会心理学，这些难懂的概念，成功地治好了我的失眠。

大三那年，我们把社团交接给了学弟，一起离开了心理社。

陈心问我："以后打算干点什么呢？"

我说："没想法，随缘吧。"

她说："负责任一点，我妈总念叨你呢。"

我嘿嘿一笑，问她："当一个作家怎么样？"

那段时间我疯狂地写着小说，陈心选择了考研。她每天穿梭在宿舍与图书馆之间，而我昼伏夜出，黑白颠倒。两个人都很感慨，明明还没毕业，却把异地恋先谈上了。

那时我也总觉得，人生里到处是透进来的光。我们就站在无数条岔路的岔路口上，不管往哪里走，都是光明的。我选择了文字，陈心备战考研，不论哪一条路，我们都能一起走向终点，这就是光明。

10

很久以后我才明白，即使是再光明的路上，也埋伏着意外。

那年的六月，我打了一场架。不是热血格斗，也谈不上什么正义，那个同学和我素来交恶，恰好那段时间我屡遭拒稿，心情很差。某天清早，出门透气，一个足球忽然急速飞来，正中了我的靶心——我的脸。

我抱着足球，呆了呆。

身前一个怪声怪气的声音说："你瞎的吗，都不知道躲啊？"

是那个与我交恶的同学。我没有说话，沉默地走上去，拉过他的脑袋，一下一下往墙上撞。

当他捂着头上的血，倒在地上痛苦地呻吟时，我渐渐冷静下来，心中涌上一股恐惧，我摸出手机，想打给陈心，可是摸索了几次，没有拨出那个号码。

所幸，他只是外伤。

我吃了一个处分，被全校通报。

我和陈心一同站在处分墙下，仰着脑袋，找了好久，找到了我的名字。

陈心说："叶小白，你变坏了。"

我说："瞎说，我保质期哪有那么短啊？"

她用力地捏我的手臂，恶狠狠地说："我让你打架，我让你打架。"

我吃痛，连连讨饶说："再也不敢了。"

她说："需要心理辅导吗？"

我说："用不着，打赢的人可是我啊。"说完我说，"嘿嘿。"

11

辅导员在评述这起暴力事件的时候，用了一个官方说辞：给校方带来了极其恶劣的影响。

事实上，也给我带来了一些影响。

陈心的母亲单独来见我。

那天下午，我们坐在一家奶茶店里，她对我说："离开陈心。"

我愣了愣。这台词是如此耳熟，下一秒，搞不好她会拿出一百万给我？

她说："我问过了，你毕业都很困难。陈心要考研。阿姨不知道你在打算什么，但还是希望，你不要再来打扰她。"

我沉默了很久，点点头说："好的。"

我走出那家店，才发现，原来已经是夏天了，太阳热得晃人眼。

有人在背后喊我名字。

我回过头，看见一张愤怒的人脸，额上还包着纱布，身后站着一群杀气腾腾的人。

我说："这些人是？"

那人说："我老乡。"

我没有说话，挥了挥手，带着他们走到一个没人的角落。在那里，我像一口麻袋，被这群复仇者踩着，我只能尽量蜷缩着身体。

再后来，那人拿来一根铁棍，在我额头上找准位置，用力砸了下去。

嗡的一声，仿佛失去所有知觉，不知过了多久，恢复意识的时候，他们已经走光了。我摸了摸额上，一道深可见骨的伤口，还在流着血。

我爬起来，就这样用手捂着脑袋，满脸是血，一瘸一拐朝医务室走过去。

12

那天陈心接到了一通电话，电话里，她的男朋友说："分手吧。"

她说："我能知道为什么吗？"

我说："我水命，和乖乖女犯冲。"

我四处躲着她，可她还是找到了我。在宿舍楼下，陈心堵着我。

她看见我一身的伤，质问我："为什么又打架？"

我说："想打就打了。"

她说："叶小白，你真的很不负责任。"

我说："我的事你少管。"

我大步走了，走出去几步，又回过头，看见她满脸委屈地望着我。

我大声地说："别傻了，这招对我没用了！"

我转头就走，可是走着走着，心里好像被压上了一块石头，寸步难行。我突然间意识到，这一次，她的脸上滚落的是真实的悲伤。

我离开了。那年的夏天，我和学校请了长假，去了北方实习。我在八个月之后又回到了学校，我用这八个月的时间，成功地忘掉了很多事情。

唯独有一次，我在北方参观霸王冢，导游告诉我，民间有传说，一说虞姬，其实是霸王兵败，亲手杀死的。

那个晚上我失眠了。

我摸索着手机，打给陈心。

我没有说话，她也没有说话，两个人就这样沉默了很久。

我突然说："陈老师，你能不能看看我的心？"

她说："你很自私。你还记不记得，我问你要不要把蜂蜜给小鹿？蜂蜜是你的需求，小鹿也是你的需求。你就像那头熊一样，永远也学不会为别人停留。"

我说："我为别人离开。"

她沉默了一会儿，突然笑了。

她说："希望你以后能成熟一点吧，大狗熊。"

我说："嗯，谢谢你。"

13

曾写过一篇文章，里面有一句话：有一个夏天是注定的，那就是毕业季。

我们毕业的那段时间，经常有同学喝到大醉，抱住任何可以抱住的东西，号啕大哭。没有人知道他在哭些什么，也没有人知道自己都在哭些什么。

当然，抛开以上这些情感细腻的男同胞，毕业季还是足够我们欢乐的。该有工作的有了工作，该有归宿的有了归宿。假设人生就是一部美剧吧，毕业季就是一季的结局，好与不好，都是 happy ending。

从朋友口中，我得知，陈心如愿以偿地考上了研究生，她也有了一个男朋友，是一个身材高大的体育生。

我最后一次见到陈心，是在散伙饭上。我来迟了，落座的时候，发现陈心，还有我往日的仇人，三个人十分巧合地坐在同一桌上。

我看了看陈心，陈心也看了看我，我眨眨眼睛，两个人都笑了。

我说："陈老师，你变了。"

她说："过保质期了吗？"

我说："哈哈哈，更漂亮了。"

她说："要加油啊，以后。"

我说："嗯呢，你也是。"

时间常让我生出错觉。我们依然像曾经那样说着话，被改变的，只是那些不经意间说出口的话语而已。

当然了，还有我的仇人，我不敢忘记他，我举着酒杯走过去，和他